魔豆

魔豆

魔豆

Priest of Light
光之祭司
5
vol.
香草——著

光之祭司

Priest of Light

5

目錄

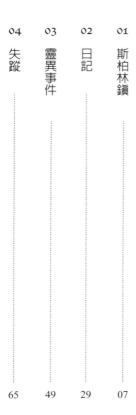

丹尼爾
半精靈，弓箭手。
擁有空靈的外貌，卻個性彆扭，行事粗魯。
布倫特
龍族（火龍）。
冒險團隊隊長，高大健壯，沉穩又可靠。
Priest of Light
光之祭司
CHARACTERS

艾德
人族祭司。
體弱多病，但身懷強大的光明之力。
埃蒙
獸族（猞猁）。
活潑開朗，某方面卻很自卑。極有殺手天賦。
貝琳
獸族（獰貓）。
外表溫柔，性格卻頗為強勢。擅長各種武器。

01.

斯柏林鎮

有過郊野露宿經驗的人應該都能夠感受到，郊外的天氣總是變幻莫測，日夜溫差有時也很驚人。

就像現在明明正值夏天，天氣應該很炎熱，然而連日的大雨卻讓氣溫急降，夜晚甚至還有些寒冷。

雨中行走非常消耗精神與體力，濕滑的泥濘讓人每一步都要很小心。即使穿著雨具，但依然難以阻擋大雨帶來的濕冷感，就連晚上在帳篷睡覺時，被窩也因爲濕氣而變得濕漉漉的。

布倫特幾人還好，強健的體魄讓他們不畏大雨帶來的寒意。有著不少冒險經驗的他們亦很習慣在雨中趕路了，清楚知道該怎樣行走才能更好地保持體力。

然而對於羸弱的艾德來說，這已經是足以讓他大病一場的程度了！

察覺到雨水完全沒有停下來的意思後，艾德大感不妙，雖然他已經加倍注意保暖，但仍是在連場大雨後無可避免地病倒了。

艾德的狀況大大減慢了一行人前進的速度，高燒讓艾德總在昏睡，自從他病倒後都是由布倫特揹著他前進。

雖然他們不是沒想過讓艾德先好好休息，痊癒後再繼續行程。然而森林的環境卻不利於他康復，這裡沒有人爲搭建的房屋，就連乾燥的山洞也沒有，晚上他們只能睡在充滿濕氣的帳篷裡。

與其讓艾德在這種地方休息，不如盡快離開森林，到目的城鎮後再作打算。反正以布倫特的力氣，即使揹著艾德也完全不影響他的行動。

他們現在要前往的是曾經屬於人類的領地——斯柏林鎮。

根據現在的路程，大約再走兩天便能夠到達。

斯柏林鎮現在是精靈族的領地，可由於精靈族人數稀少，而且總喜歡宅在精靈森林裡不外出，因此只有少數人因爲要鎮守結界而前往各族聚居地居住。

這也造成了斯柏林鎮自從人類滅亡後，便一直荒廢至今。

經過這麼多年，城鎮的房屋應該大都無法住人了，眾人在心裡祈求著至少能有一間房屋沒有立即倒塌的危險，可以供他們暫時停留休息，並尋找原本設立在這座城

鎮的光明神殿。

雖然在趕路，然而爲免艾德病情加劇，每到太陽快要下山時，冒險者都會早早搭建好營地，把病得迷迷糊糊的艾德安置到帳篷，不讓他吹到絲毫夜間的冷風。

即使如此，艾德康復的速度仍是非常緩慢。

這天他好不容易退燒了，可是大病一場後身體依然虛弱，每到晚上他都覺得很寒冷，即使已經蓋著兩張被子，可冷冰冰的身體卻一直無法溫暖起來。

無法暖和的被窩躺再久也是冷的，然而艾德自覺已經很麻煩同伴們，便想著自己咬牙忍忍就好。

埃蒙睡前打算來看看艾德，正好看見艾德明明躺在被窩裡，卻依舊冷得不行的模樣。

他眼珠一轉，直接鑽進了艾德的被窩。

帳篷空間不是很大，被窩躺了兩個人後實在有些擠，然而埃蒙的身體很溫暖，艾德無論躺多久都很冰冷的被窩立即暖和了起來。

埃蒙霸佔了一半被窩的同時，也把原本睡在艾德枕邊的雪糰逼遷，這令雪糰有些不樂意了。

幸好埃蒙態度很好，又是道歉、又是用手帕替牠堆起一個舒服的小窩，因此雪糰只在一開始不高興地啾啾了幾聲表達不滿，隨即便飛到埃蒙爲牠做的小窩睡覺去。

埃蒙感受著艾德散發出來的寒意，不由得訝異地瞪大雙目：「艾德，你的身體很涼耶！」

雖然與埃蒙一起睡非常暖和，艾德實在捨不得這個人形暖爐離開，然而他還是擔心地詢問：「你會覺得冷嗎？冷的話別在這裡睡了，要是連你也病倒就糟糕啦。」

埃蒙卻拍了拍胸口道：「放心，我的身體可好了！實際上晚上躺進被窩後還覺得有點熱。艾德你剛好可以幫我降溫，涼涼的很舒服。」

埃蒙這麼說並不是特意安慰艾德，獸族的年輕人特別精力旺盛，不通風的帳篷與被窩對大病一場的艾德來說仍是寒冷，對埃蒙來說卻有些熱了。有艾德這個天然製冷機躺在旁邊，埃蒙覺得溫度剛剛好。

兩個年輕人擠在一個被窩裡，一時之間都沒有睡意，便小聲閒聊了起來。只是身體虛弱的艾德沒什麼精神，大多都是埃蒙在說，艾德偶爾回覆兩句。帳篷裡充滿埃蒙壓低音量，但仍活力十足的嗓音，氣氛非常溫馨。

聊著聊著，艾德睡意慢慢襲來，看見艾德努力撐著眼睛的模樣，埃蒙小聲道：

「我們早些休息吧。早點睡，才能盡快康復呢！」

說罷，埃蒙又在心裡暗暗責備自己。之所以與艾德一起睡，便是希望他暖和起來後能更好地休息，結果自己卻因爲太過高興，得意忘形地拉著艾德一起聊了這麼久。

實在是從小到大，總是被男生們欺凌的埃蒙沒有朋友。雖然布倫特與丹尼爾很照顧他，可是他們給埃蒙的感覺，更多的是來自長輩的關心。

畢竟這二人的年紀都不小了……咳咳！

艾德是埃蒙結交到的第一個年紀相近的朋友，對他的意義是不同的。

到朋友家裡留宿、大家擠在一起睡覺……這種孩子們的日常，對埃蒙來說是心裡渴望又求而不得的事情。

可現在，埃蒙也有了願意與他擠在一個被窩的朋友了呢！

與朋友擠被窩的成就，get！

聽到埃蒙的話，因爲渴睡已有些迷糊的艾德點了點頭，嘀咕：「我們明天便能夠走出這座森林，真是太好了……真希望晚上能夠暖和一點……或者乾脆碰見一個溫泉什麼的……」

埃蒙聞言不由得失笑，心想溫泉這麼難得的東西，要恰巧讓他們碰到也太難。艾德是睡迷糊了吧？

難得見到艾德這麼孩子氣的一面呢！

艾德撐著眼皮說完這句話以後，便不知不覺地睡著了。沒有了聊天的對象，埃蒙也隨之閉上雙目。

在閉上眼睛前，最後映入眼簾的是艾德在帳篷中祈禱用的簡單祭壇，埃蒙忍不住在心裡說道：「光明神大人，雖然我不是您的信徒。不過看在艾德這麼虔誠的份上，也許你可以考慮賜個溫泉給他？」

聽著身邊傳來的平穩呼吸聲，埃蒙也覺得眼皮愈來愈重，最終陷入了沉睡。

有了埃蒙這個人形暖爐暖床，艾德睡了病倒後最好的一覺。

獲得良好的休息後，艾德精神有了明顯的好轉，這幾天一直伴隨而來的偏頭痛與暈眩也舒緩不少。

在艾德的堅持下，布倫特便沒有繼續揹他。眾人冒雨走了大半天的路，終於來到了斯柏林鎮。

斯柏林鎮荒廢多年，眾人已有預感這裡的建築物會很破舊，然而城鎮的破敗卻超出了眾人的預料。

觸目所及的建築物全都倒塌得不能住人，同樣是荒廢的城鎮，但也許是氣候等原因，又或者是小鎮的建築規模比不上大城市，因此斯柏林鎮比他們曾經去過的幾處人類城鎮破落得多。

埃蒙想起克拉艾斯城那個彷彿受到了神明眷顧似的光明神殿，邊東張西望，邊詢問艾德：「艾德，你知道我們要找的神殿在哪裡嗎？雖然這裡的建築物都倒塌得不能住人了，但神殿應該能夠保存下來吧？我們把事情辦好後，也許可以在神殿裡好好休息一下？」

然而艾德卻搖了搖頭，道：「神殿的話……只怕找不到了。」

眾人都被艾德語出驚人的話驚到，他們此行的目的便是光明神殿，要是神殿沒了，該怎麼辦呢？

貝琳訝異地眨了眨眼睛：「是倒塌了嗎？可是在克拉艾斯城……」

因克拉艾斯城的神殿神奇地保存得很好，讓冒險者們沒想過神殿可能會不在。

然而聽艾德的意思，那座神殿已經倒塌了？

可是艾德不是才剛到達這裡嗎？怎會知道神殿的情況呢？

「不是自然倒塌的，而是斯柏林鎮的神殿早就拆除了。」艾德搖了搖頭說道。

見到眾人驚訝的神情，他猶豫片刻，一臉難以啓齒地接著解釋：「這其實是教廷的醜聞……聽說當年駐守斯柏林鎮的祭司以培養繼承人的名義，收養了不少孤兒，結果那人卻是個虐兒的變態，他在神殿的地下打通了一條地道，這條地道連接了小鎮四通八達的下水道。祭司在下水道設置牢房，把孩子們都關了進去。他喜歡虐待孩子，有不少小孩因爲受不了折磨而死在了下水道。」

因爲艾德的緣故，一直以來祭司在冒險者眼中都是虔誠且光明的，聽到竟然有祭司做下這種邪惡的勾當，眾人爲那些孩子的遭遇氣憤之餘，也感到有些不可思議。

貝琳詢問：「孩子的數量變少了，就沒有人察覺到問題嗎？」

艾德嘆了口氣：「被送到神殿的都是沒有人想要、也沒有人在乎的孩子。根本不會有人關心他們來到神殿後生活到底過得怎樣。何況小鎮人口不多，神殿只有這個祭司在打理，他深受小鎮居民的信賴，就更加不會有人懷疑他了。」

丹尼爾冷哼了聲：「人面獸心的畜生！」

艾德點了點頭認同丹尼爾的觀點，完全沒有因爲對方是祭司而出言袒護。隨即他續道：「後來有獵犬找到隨著下水道意外漂流至鎮外的屍體，這才揭發這件事。祭司受到審訊並判了火刑，然而鎮上的人們已經不相信教廷了。他們表明不需要教廷委派新的祭司前來，並且拆除了神殿，改建成枉死孩子們的墳墓。只留下主殿與雕刻了祈禱文的石碑，從此以後由鎮長帶領居民進行禱告。」

說罷，艾德又壓低音量地道：「當時在下水道找到大量孩童屍體，聽說居民之所以堅持拆掉神殿，是因爲神殿一直在鬧鬼。不少居民都聽見神殿傳來孩子的哭喊聲，於是便聚集了所有孩子的屍骨安葬在主殿附近，讓光明神的光芒能夠映照到這些不幸的靈魂。」

丹尼爾想嘲諷這樣做根本沒有用處，也只是生者的自我安慰罷了。

要是光明神眞的如此神通廣大，這些慘劇發生在神殿，光明神爲什麼沒有出手拯救那些受苦的孩子？

不過丹尼爾隨即又想到遇上艾德後，與光明神教相關的種種事情。

無論神明的力量是否眞的強大，至少光明神是眞的存在，而且還是友軍……因此丹尼爾便把想要脫口而出的嘲諷吞回肚子裡，然而臉上的表情依然明顯是對艾德的說法不以爲然。

埃蒙乖寶寶似地舉起手，並提出疑問：「那裡……是不是眞的有鬼呀？」

聽到埃蒙說出「鬼」字，艾德的臉色瞬間有些不自然。他道：「都過了這麼多年了，應該……沒有了吧？」

聽過艾德的一番話後，冒險者們不再尋找神殿，變成在眾多倒塌的房屋中尋找那面原本豎立在神殿的石碑。

也不知道是幸還是不幸，他們找了很久都找不到，卻發現一棟神奇的木屋。

爲什麼說這木屋神奇呢？

因爲相較於其他倒塌的房屋，這木屋實在太新了！

雖然這棟廢棄的木屋看起來也有些破舊，看狀況應該空置了一段時間，然而比起其他房屋，顯然是近代的產物。

也許石碑被倒塌的瓦礫遮擋住，眾人大致走了小鎮一遍也找不著。雨勢愈來愈大，天色也逐漸暗了下來，眾人便決定先到木屋裡休息，待隔天再繼續尋找。

木屋雖然殘舊，但打掃一下仍能住人。找不到目標有點失望，可這一天他們至少不用露宿在外，艾德這個病患也能夠獲得更好的休息。

進入木屋後，幾人發現裡面雖然布滿灰塵與蜘蛛網，然而還能夠看出內部原本精緻典雅的模樣。這裡的家具與裝飾都刻有精美的雕花，卻不會讓人感到太過花俏，顯然屋主有著一定的審美，屋裡的布置每一處都恰到好處。

「竟然把這麼精美的家具留下，全部沒有帶走？」艾德感到有些疑惑，屋主應該花費不少心思在這些手工雕刻的家具上，離去時為什麼不一併帶走呢？

甚至就連生活用品也留在屋裡，真是太奇怪了。

丹尼爾看了看家具上的雕刻，道：「這間木屋的主人應該是精靈。」

貝琳對此很意外，詢問丹尼爾：「你知道屋主是誰嗎？」

雖然斯柏林鎮已經劃入了精靈族的領土，然而精靈數量稀少，加上他們都喜歡待在精靈森林裡，鮮少有離群在外獨居的。

因此貝琳對這位屋主的身分很好奇，丹尼爾從小便在精靈森林中長大，說不定會知道屋主的身分。

然而丹尼爾卻語氣冷淡地說道：「不知道。」

身爲半精靈的丹尼爾，非常厭惡自身的人類血脈，卻也對於精靈族的事物很冷漠，眾人很少聽到他談及在族中的生活。見丹尼爾明顯不想多談，貝琳聳了聳肩，識趣地沒有詢問下去。

一行人確定這棟荒廢良久的木屋沒有倒塌的危險後，便分散開來進行探索。

艾德帶著雪糰一起挑選可以住人的房間。木屋空置許久，空氣中瀰漫著一股難聞的氣味，但此時能找到一處可以遮風擋雨的地方，已經是非常幸運的事情了。

這天的路程讓艾德有些疲倦，探索的動作也變得慢悠悠的。當艾德帶著雪糰查探著其中一間房間、視線掃過房間裡的全身鏡時，似乎在鏡面上看到房間裡除了他，還有一個白色的人影在!?

艾德動作猛然一頓，整個人僵住了。

他肯定房間除了自己與雪糰以外，沒有其他人。

那……剛剛看到的是什麼？

艾德只覺心跳漏了半拍，回想那瞬間不經意掃到的人影就站在自己身後，連忙回頭往身後看去，卻沒有看見任何人。

「雪糰，你有看到房間有別人在嗎？」艾德詢問自進入木屋後，便一直與自己一起行動的雪糰。

站在艾德肩膀上的雪糰，聞言來了一個歪頭殺：「啾？」

好……好可愛！

即使與雪糰朝夕相處這麼久，艾德還是輕易被對方可愛的樣子萌到。忍不住湊上前輕吻了下雪糰，順道吸了一口，香香的。

有養雀鳥的人都會明白，總是忍不住想去嗅牠們的體味。鳥兒的身體有著一種香氣，很神奇地能帶給人放鬆與愉悅感。

確定雪糰沒有看到房間裡有別人，艾德只得把剛才見到的歸爲錯覺。

畢竟木屋破落的模樣很陰森，也許是視線掃到了一些反光的地方，加上心理上受到屋裡氣氛影響，腦海中便自動把看到的白光變成白色的鬼影也說不定？

於是艾德不再糾結，繼續檢查房內家具，並且滿意地確定了這間保存尚且不錯的房間便是自己今晚要借住的臥室。

正要把房間打掃一番，艾德就聽到貝琳興奮的呼喊聲傳來：「你們快來看看！我這裡有大發現！」

艾德聞言直接往聲音來源處趕去，正好碰見從隔壁房間出來的埃蒙。二人遠遠便見貝琳高興地向他們招手，丹尼爾與布倫特此時已經在貝琳身邊。

「快過來！看看我發現了什麼！」貝琳示意二人往她身前的房間裡看去。

艾德心裡好奇得很，之前他也來過這個房間，只是這裡門牆的木頭有些塌陷，正好阻攔在出入口。

艾德曾在門外從木頭的縫隙看進去，發現房間的格局與其他不同，地上還鋪設了一些光滑的石頭，似乎並不是臥室。

只是能看到的地方有限，艾德雖然好奇，但因木頭的阻擋而無法入內探究。

木頭很重，艾德搬不動便放棄了。反正木屋這麼大，房間也多，犯不著與這房間死磕到底。想不到貝琳把那些攔路的木頭搬到一旁，而且還在裡面發現到一些頗有趣的東西？

隨即艾德又想到自己的力氣，竟然比不上貝琳這個還未成年的女生……

一定不是自己太廢，只是獸族的體格太好而已！

艾德邊在心裡為自己挽回尊嚴，邊與埃蒙一起尾隨貝琳走進房間，立即知道貝琳為什麼會如此興奮地呼喊大家過來了。

原來這裡竟然有一座用石塊搭建的浴池，之前艾德從木頭縫隙看到的石頭便是浴池的一角！

浴池面積很大，幾乎佔據了整間浴室，簡直可以在裡面游泳了！

破敗的小鎮裡有一間明顯是近期建築的荒廢木屋已讓人感到驚奇，現在還發現木屋裡搭建了一個這麼豪華的浴池，更讓艾德好奇屋主這一連串的行動了。

身爲人類帝國的皇子，更加華麗的浴池艾德不是沒有見過，只是平民百姓很少會花費這麼多心思設置浴室，而且這麼大的浴池，需要的水也不少吧？

兩人驚異的神情逗樂了貝琳，她上前在浴池邊緣的一個機關把手上用力按壓幾下，便見散發蒸氣的熱水源源不絕地冒了出來！

這個浴池，竟然還連接了地下溫泉！

哇哦！

埃蒙看得目瞪口呆，想到昨晚那個開玩笑似的祈禱，他不禁想著這該不會眞的是光明神的庇佑吧？

光明神顯靈了嗎？

艾德不知道身旁的埃蒙在叨唸著他所信仰的光明神，他此刻正直勾勾地盯著那湧出來、不斷泛著熱氣的地下水，渴望的神情誰也看得出他到底在想什麼。

好想……好想泡一個熱水澡！

布倫特笑道：「想不到還有這種意外驚喜。難得碰上了，那我們就清理一下這個浴池，今晚好好泡一下溫泉吧！」

丹尼爾看著這混集著各種污垢、加入地下水後看起來更加污穢不堪的浴池，滿臉都是抗拒：「不用了吧……」

這個髒兮兮的浴池，對有些許潔癖的精靈來說非常不友善！

在清理這個浴池與簡單沖冷水澡之間，他選擇後者！

然而他的同伴顯然有著不同的想法，聽到布倫特的話後，三人都一臉嚮往。

艾德道：「太棒了！今晚可以暖呼呼入睡了！」

貝琳道：「我已經好幾天沒有舒舒服服地泡澡了呢！」

埃蒙道：「我也很想泡澡！」

三人自顧自地高興，都沒有去聽丹尼爾的意見。雖然現在處於四比一的劣勢，但丹尼爾還是想掙扎一下，說不定能夠說服他們站在自己這邊：「我說……」

同一時間，便聽埃蒙續道：「正好艾德大病一場後，這些天都覺得很冷，泡一下熱水應該能夠舒服很多！」

丹尼爾：「……」
唉！算了……
他們開心就好。

02.

日記

既然選擇了舒舒服服地泡溫泉，那免不了要把浴池清洗乾淨。

然而眾人都不急在一時，他們先繼續探查的工作，把木屋檢查了一遍。確定裡面沒有潛藏危險，並且各自挑選了今晚過夜的房間後，這才再次在浴室集合。

無論是大病初癒的艾德，還是有輕微潔癖的丹尼爾，誰也沒有推託清洗浴池的工作。在眾人的齊心協力之下，浴池煥然一新。

看著這個重新變得亮麗的豪華浴池，要不是浴池需要時間才能蓄滿水，大家都想立即跳進去舒舒服服地泡澡。

地下水湧進浴池的速度實在有些緩慢，眾人便先到房間整理行李，並約定了晚飯的時間，飯後休息一下應該就可以泡澡了。

艾德回到不久前選定的房間，打算先把房間打掃一番。這間房裡還留著不少衣物與日用品，都是屬於女生的東西，顯然屋主離開時連日用品也沒有帶走，更讓艾德對對方的離開充滿了疑問與好奇。

打掃完房間後，艾德便從空間戒指裡取出自己要用的物品，並依次收拾到床邊的木櫃裡。

「咦？這是……」艾德察覺到木櫃的木板之間似乎有著什麼，往裡頭放出一個聖光球，這才看到似乎是書本的一角。

木櫃已經很殘舊了，年久失修的木板有些破裂，那本書正好卡在木板裂開的狹縫裡。要不是艾德湊巧看見露出的書角，也許便錯過它了。

艾德撥了撥書皮上的灰塵，好奇地翻開。發現是一本日記，日記裡書寫的字體非常優雅，看起來簡直就像藝術品一樣。

只是……他看不太懂。

這是精靈族的文字！

身為皇室成員，艾德從小的教育便與一般孩子有很大的區別。比如在人類之中非常冷門的精靈族文字，艾德卻能略懂一二。

但真的只是一二而已……

艾德看了看日記的開頭，連矇帶猜地大致了解了內容。

這本日記是從屋主搬到這裡以後才開始寫的，日記的開頭簡單記錄了他們搬到斯柏林鎮的原因。

寫這本日記的人正是這個房間曾經的主人，她小時候不幸遭遇上身懷劇毒的魔獸襲擊，雖然保住了性命，可是因爲劇毒還殘留在體內，令她從此以後一直受到病痛的折磨。

後來精靈族在收復人類舊領土時，發現了斯柏林鎮的地下溫泉。更驚覺這裡的地下水有種奇效，只要長期浸泡，便能夠拔除她殘留在身體裡的毒性。

精靈族繁衍困難，少女是家裡新生的一代，從小便被家人捧在手心。她病倒以後，家人都急得不行，立即決定舉家搬到斯柏林鎮，並且搭建這間木屋，還花費了許多力氣設置可以抽取地下水的豪華浴室，務必讓寶貝女兒養好身體。

雖然日記中有很多詞彙艾德看不太懂，但他仍能從中感受到少女在字裡行間對家人的感激與愛意。這讓艾德不禁想到了從小保護自己、疼愛自己的兄長安德烈。

能夠擁有深愛自己的家人，實在是非常幸福的事情呢！

即使現在艾德已經失去了這份幸福，讓他感到痛徹心扉，然而他還是很感恩在自己的生命中，曾經有安德烈的出現。

確定了木屋的來歷以後，艾德猶豫片刻，還是決定繼續看下去。

日記是很私人的物品，艾德原本不打算竊探少女的隱私，然而除了木屋的存在讓他感到好奇外，艾德也有點疑惑他們爲什麼會匆匆忙忙地離開，什麼也沒有帶走。

他對此總有種不祥的預感。

於是在心裡說聲「抱歉」後，艾德便翻到日記後面的部分，看看屋主到底寫了什麼。

磕磕絆絆地看了最後一篇日記，艾德露出了大驚失色的神情，又趕忙翻到稍前的頁數，仔細閱讀內容。

確定自己的理解沒有錯誤後，被日記內容嚇到的艾德，急忙拿著日記找丹尼爾去了！

艾德敲響丹尼爾的房門時，對方還在努力打掃著房間。

沒辦法，雖然脾氣不好的丹尼爾老是被人說不像精靈，然而他依舊擺脫不了精靈族挑剔又愛乾淨的本性。即使只暫住一晚，丹尼爾仍要把房間打掃得一塵不染。所以他花費的掃除時間特別長，當艾德敲門時，丹尼爾正雙手拿著抹布、屁股翹高高地在擦地板，姿勢……略有不雅。

丹尼爾沒有把門完全關實，再加上艾德心裡焦急，敲門時力道有些大，結果一敲便把房門推開了，與撅高著屁股的丹尼爾對上了視線。

氣氛一時之間很尷尬。

丹尼爾也猜到自己此刻的姿勢很傻，連忙改成了跪坐，這才不爽地質問：「怎麼不敲門？」

「我敲了啊……不！這不是重點！丹尼爾你快來看看這本日記！」艾德也顧不得辯解了，他乾脆來到丹尼爾身旁席地而坐，把手中的日記遞給他看。

丹尼爾：「……」

明明房間有凳子，兩人卻坐在地上，這情況怎樣看都好白痴！

二人肩貼著肩，丹尼爾感受到艾德不正常的體溫，對方顯然又在發燒了。

丹尼爾一直知道艾德與他們不同，相較於他們這些武藝高強的冒險者，艾德簡直就是最溫馴無害的食草動物。丹尼爾自信自己不需任何武器，也能夠輕易把這個病弱的青年殺死。

與看起來纖細，但實際因爲不乏鍛鍊而有著一層薄薄肌的自己不同，艾德的身子是眞的單薄。對方的肩膀挨著自己時，都覺得能感受到對方皮膚下的骨頭了。

艾德也知道自己的身體不好，平常爲了不給別人添麻煩，都很注意自己的健康狀況，做事永遠不疾不徐，再加上從小培養出來的皇室氣度，讓他的言行有著一種說不出的優雅。

如果不看外表的種族特徵，只看平常行事作風的話，丹尼爾覺得艾德絕對比自己更像個精靈。

然而此刻艾德卻慌慌張張地跑來找他，這顯然很不尋常。因此丹尼爾雖然對艾德闖入房間的行爲有些不爽，但也沒有再糾纏下去。接過艾德遞來的日記後，便一臉凝重地查看日記內容。

艾德也在旁邊邊解釋、邊指示丹尼爾翻開重點頁數：「這是曾經住在木屋的少女留下來的日記，裡面有寫他們一家爲什麼會搬到這裡居住……然而這不是重點，重點是他們爲什麼要搬走……你看這裡……」

看到日記裡的是精靈文字，丹尼爾有些意外艾德竟然看得懂。

即使丹尼爾很討厭人類，但也不得不承認，人類這種生物明明只有短暫的生命，卻從未停止過他們前進的步伐。在他們有限的生命中所學習的東西，有時候比他們這些長壽種更加廣泛。

他們會在短暫的生命中學習，獲取知識後再加以改良。就像從不放棄把本已很美味的酒釀造得更加醇厚，並在死前把美酒傳承給下一代。

丹尼爾壓下心裡突如其來的感慨，專心看向艾德指示的頁數。愈看，他的神情便愈是凝重。

今天浸浴時我聽到竊竊私語的聲音，爸媽都說我聽錯了，說家裡沒有外人，可是我很肯定眞的聽到有人在說話。

這一次爸媽都聽到了！昨晚還傳出淒厲的哭聲！

怪事持續發生，我們檢查了家裡，確實沒有其他人躲藏在屋內。那麼，發出聲響的人到底是誰？

家裡的擺設、杯子等小東西總是會莫名其妙地位置偏移了幾分，像有雙看不見的手把它們移動似地。

現在泡澡是我最討厭的事情，因爲每次泡澡時，都會聽到奇怪的聲音……不知道從哪來的聲音，充斥著浴室，帶著令人感到不祥的迴響。

今天發現房間地板出現陌生的腳印，有誰偷偷進來家裡嗎？

總覺得經常有人在偷偷看著我！那些視線眞讓人受不了。

父親要我不要害怕，他今晚決定徹夜守查屋裡。晚上睡覺時聽到房門外傳來父親的呼喝聲，他叫我們鎖好門窗後便追了出去。

父親失蹤了！母親讓我們立即收拾東西回精靈森林求……

日記最後的一段沒有寫完，似乎是屋主發生了什麼事情，讓文字戛然而止。

見丹尼爾把日記看完了，艾德一臉緊張地說道：「我看著日記的內容覺得不妥，便立即拿來給你看了，我的精靈語不是太好，但應該沒有理解錯吧？這間屋……」

丹尼爾點了點頭，嚴肅地說道：「也許曾有歹徒闖入。」

同一時間，艾德也說出了他的結論：「也許有鬼。」

丹尼爾：「？？？」

就怕空氣突然變得安靜。

丹尼爾無法置信地盯著艾德。

所以你這麼匆忙地趕來找我，是來告訴我這間屋有鬼？

神經病！

完全感受到丹尼爾的鄙視，艾德振振有辭：「不是我胡思亂想，你看看日記的形容，屋主遇上的事也太怪異了。如果只是強盜入侵，怎會在浴室聽到有人竊竊私語的聲音？要知道浴室根本就沒有地方可以藏人，除非發出聲音的是看不見的鬼魂！」

說罷，艾德又道：「何況她不是說家裡的東西位置變了嗎？若是強盜，又為什麼要這樣做，而且怎可能在不被人發現的情況下，同時移動這麼多東西？」

丹尼爾想了想，也覺得艾德說的有些道理，於是便道：「如果不是歹徒，那不就沒什麼問題了嗎？」

艾德想不到丹尼爾竟然這麼說，頓時目瞪口呆：「可、可是……」

丹尼爾卻已經沒什麼心情聽艾德繼續神神叨叨，他可是還有很多地方沒清理呢！於是他語氣不耐煩了起來：「沒什麼可是的，歹徒不比鬼魂可怕得多嗎？」

艾德秒反駁：「怎麼可能！明明是鬼魂比較可怕！」

看到艾德這麼激動，丹尼爾不可思議地上下打量著對方：「你該不會怕鬼吧？你不是神職人員嗎？」

對鬼魂的恐懼被拆穿，艾德有些尷尬，期期艾艾地表示：「我、我也沒辦法，就是怕鬼啊！這跟是不是神職人員沒有關係！」

丹尼爾「呵呵」了兩聲，揶揄道：「長得那麼醜陋的魔族你都見過了，與它們作戰你也不怕，偏偏就怕不知道是否存在的鬼魂？」

艾德理直氣壯地回答：「就是因爲虛無縹緲才覺得害怕啊！要是鬼魂能夠看得到摸得著，那反倒不那麼恐怖了。」

見丹尼爾還是一副不理解的模樣，艾德乾脆直攻要害：「長得那麼醜陋的魔族你都見過了，與它們作戰你也不怕，偏偏就怕比手掌還要小的蟑螂？」

來啊！互相傷害呀！

丹尼爾不說話了，艾德這番話他是真的無法反駁。

艾德本就不是性格尖銳的人，成功堵住丹尼爾的嘲笑後，見好就收，沒有繼續借題發揮，選擇重新把話題拉回日記上。

向丹尼爾確定了自己沒有理解錯日記內容後，艾德不由得皺起了眉頭：「我覺得日記裡記載的事情很不尋常。無論這木屋是眞的有鬼，還是有其他東西在，似乎都不太友善。雖然木屋荒廢了這麼久，那些危險說不定已經隨著木屋的空置而消失，但我們還是不應該掉以輕心。」

艾德說罷，想起了他在一開始搜查房間時看到的白影，頓時心裡毛毛的。他到現在依然覺得自己眞的在鏡子中看到人影了，只是那時候同樣身處房間裡的雪糰沒有察覺異樣，再加上丹尼爾一副完全不信有鬼的樣子，他猶豫片刻後便沒有把這事情告訴對方。

艾德這番話說得有理，丹尼爾頷首道：「是應該告訴布倫特他們沒錯，讓大家多注意也好。」

於是在晚餐時間，艾德便把日記的事情告知所有人。

然而冒險者們的反應都與丹尼爾大同小異，雖然心裡多了些警惕，可誰也不相信這裡有鬼。

畢竟冒險者的工作得到處跑，經常處於陰森可怕的環境，卻從未遇過鬼魂。他們都覺得鬼魂這種東西就像艾德信仰的光明神一樣，只是人們幻想出來的事物而已。

埃蒙雖然心裡不信，但他感受到了艾德的不安，安慰道：「沒關係的，我們人這麼多，即使眞的有鬼，我們也能夠保護你！」

相較於丹尼爾嘲笑他的態度，埃蒙這番表現簡直是個天使，讓艾德大爲感動。

然而此刻的他們誰也沒有細想，要是眞的有鬼，他們該拿什麼去保護艾德？用劍嗎？物理超渡？

面對鬼魂，祭司這個職業顯然比冒險者靠譜太多，到時誰保護誰還說不定呢。

沒有思考太多的他們很快便被美味的晚餐吸走所有注意力，把鬼魂一事拋諸腦後。

平常露宿在外吃乾糧時，他們都是各吃各的，但只要有條件煮食，眾人便會輪流負責。

艾德不只一次慶幸教廷會爲所有出任務的神職人員進行野外生存基本培訓，若他是個在城堡裡長大、養尊處優的皇子，在團隊中大概只能當個飯來張口的廢人了。

今天輪到丹尼爾負責烹煮晚餐，艾德對此非常期待。實在是丹尼爾廚藝太好！

雖然丹尼爾是素食主義者，可卻不會抗拒烹調肉食，他只是自己不吃。即使艾德經常因為身體不適而沒啥胃口，可是每到丹尼爾負責晚餐的日子，艾德還是會不小心吃撐。

在烹飪方面，艾德覺得丹尼爾絕對是當之無愧的「寶藏男孩」。當他以為丹尼爾製作的鹹點一絕時，對方讓艾德知道原來他所做的甜品更加美味。

在艾德認為丹尼爾最擅長製作的是甜點時，負責晚餐的丹尼爾再次刷新了他的認知，在野外使用有限的工具與食材，卻能做出不遜於御廚烹調出來的美味晚餐！

哪怕是簡單的燒肉，由丹尼爾製作出來，就是有著一種與眾不同的美味。

丹尼爾這個被冒險職業耽誤的廚師，實力竟然恐怖如斯！

艾德邊期待著今天的晚餐，邊在心裡瘋狂吹丹尼爾的彩虹屁。

果然這一天的餐點也沒有讓艾德失望，然後……他一不小心又吃撐了。

貝琳留意到艾德的不適，便建議：「吃東西後立即泡澡對身體不好，我們多休息一會再去，然後便可以暖呼呼地好好睡一覺了。」

布倫特聞言便拿出撲克牌，笑道：「那便玩一會打發時間吧。」

埃蒙立即高興地附議，丹尼爾則可有可無地點了點頭。

於是眾人把餐桌收拾好後，便再次圍在一起玩撲克牌。

冒險者的生活聽起來精彩刺激，但其實有時候頗無聊的。他們經常要在人跡罕至的地方停留，因此冒險者總會備有一些打發時間的小玩意。

因爲只是用來消磨時間，加上團隊中還有兩個未成年在，眾人每次玩撲克牌都沒有像一般冒險者般進行金錢賭博。

然而人都有勝負欲，即使不涉及金錢，可誰也不願意輸。決戰過程完全不遜於賭博時的緊張刺激，包括但不限於欺詐、示弱、甩鍋，甚至作弊。

就在眾人全神貫注地思考著該怎樣出牌時，放在桌上的撲克牌突然出現微弱晃動，就像有雙看不見的手在撥弄著它們。

所有人都看到這詭異的一幕，歡樂的氣氛頓時凝重起來，一行人不可思議地盯著桌上的撲克牌，一副想按住它，卻又不敢動的模樣。

原本站在桌上啄食小米的雪糰也嚇得飛了起來，盤旋在半空啾啾直叫。

很快地，他們發現不只撲克牌，就連一些小擺件也在莫名晃動，杯子裡的清水亦出現了陣陣漣漪……

四周油燈同樣搖晃起來，讓房間裡變得忽明忽暗，更增添了恐怖的氣氛。

「是、是地震嗎？」埃蒙一說話，這才發現自己太緊張了，聲音聽起來有種怪異的沙啞，在這詭異的氣氛下更具有十足的恐怖感。

埃蒙此話一出，也不知是巧合，還是他說話的聲音打擾到某些看不見的東西，各種搖晃著的物件瞬間靜止，剛剛的事情就像眾人的幻覺一樣。

布倫特搖了搖頭，道：「不是地震，我沒有感受到震動。」

貝琳認同布倫特的話：「我也沒有。」

「所以這間屋裡眞的鬧鬼了對吧？我記得日記裡有提及過，屋裡的東西會莫名其妙地移動！」艾德睜大一雙紫藍色的眼睛，就像受到驚嚇而炸毛的小動物，這副模樣可憐之餘又有點好笑，只是現在同樣受到驚嚇的眾人都笑不出來。

之前嘲笑艾德、堅信世界上沒有鬼的丹尼爾，雖然很想反駁鬼魂只是虛無飄渺的想像，但卻找不到理據解釋眼前發生的靈異現象。

於是他只得聳了聳肩，從另一個角度來安撫同伴們：「是不是鬼魂又怎樣呢？要是那『鬼魂』只能移動些小東西，根本不會對我們造成任何傷害。」

簡單來說，便是丹尼爾認爲即使有鬼，只要那隻鬼的能力無法傷害他們，那再可怕的場面也只是小case而已。

可說是相當的現實主義。

但艾德怕呀！不管那鬼魂有沒有殺傷力，都已讓他產生了巨大的精神創傷了！SAN值都快要嚇得掉光了啊！

聽丹尼爾輕輕鬆鬆便把這次事件翻篇，艾德眞的很想再次用蟑螂來舉例。心想蟑螂也對你造成不了傷害呀！牠在你的房間裡飛啊飛，你便能夠無視牠嗎!?

布倫特看出艾德在害怕，卻拿剛剛的靈異現象沒奈何，只得體貼地提議轉移陣地，好分散艾德的注意力：「時間已經不早了，飯後也休息得差不多，我們去泡澡吧。」

布倫特是一番好意，但艾德卻不禁想起日記的內容。

那個浴室……好像也是屋裡的其中一個鬧鬼地點吧？

雖然覺得浴室也未必安全，然而艾德是絕對不敢獨自留在這個剛剛才出現靈異事件的飯廳，便鼓起勇氣與同伴一起去泡澡了。

03.
靈異事件

作爲少女一家搬到森林的主因，整棟木屋最花費心思裝潢的絕對要屬浴室了。浴池用光滑的白色石塊搭建，面積很大。此刻注滿了溫熱的地下泉水，雪白的石頭在煙霧瀰漫間若隱若現，更有種神祕的美。

地下泉水呈奶白色，並有著很特別的氣味，聞著讓人心情放鬆。眾人試了試，是可以直接進去浸泡的溫度。

浸泡在熱水裡，艾德覺得身體已經很久沒有如此舒暢了。以日記中的描寫，這些從地下抽出的溫泉水蘊含一些特別的功效，不僅能夠排毒，更能夠改善身體體質，只是得要持之以恆地每天泡才有效果。

雖然只泡一次並無療效，但對於正舒舒服服泡著澡的艾德來說，已足以讓他這些天的勞累一掃而空，總是發冷的身體也溫暖起來，簡直有種不藥而癒的錯覺。

這種養生的生活眞棒啊，好想退休後搬來這裡住……

只有二十歲的艾德，在溫泉的誘惑力之下開始認眞思考起自己的退休生活，連這裡有鬼都忘記了。

艾德沒有想起來，偏偏有人沒有忘記。埃蒙伏在池邊好動地踢著水，然後哪壺不開提哪壺地道：「日記說的不正確呀……我們都泡了這麼久，可是一直沒有聽到有哭泣聲與慘叫聲呢！」

貝琳嘆了口氣，道：「似乎在浴室是見不到鬼了。」語氣中竟有絲遺憾的意味。

貝琳與怕鬼的艾德完全相反，她天生喜歡刺激的事情，對鬼魂這種充滿各種傳說、卻從未見過的東西非常好奇，甚至很想碰上看看。

反正看日記的記載，這鬼魂老是藏頭露尾做一些小動作，頂多哭叫幾聲，或者移動一些小物件來嚇人，貝琳表示自己完全沒在怕。

眞的碰見了，誰怕誰還說不定呢！

丹尼爾注意到艾德微不可見地顫抖了一下，知道他心裡害怕，不由得勾起了一個惡作劇的笑容，故意詢問布倫特：「我記得龍族那邊有一個很出名的傳說對吧？好像是有頭母龍死了又活、從墓地爬出來的故事？你知道那到底是眞有其事，還是只是一個謠言嗎？」

這是龍族很多年前發生的故事了，因此獸族姊弟對此並不知情，都好奇地看向布倫特，就連艾德，也露出一副既怕但又想聽的模樣。

布倫特想不到丹尼爾竟然知道這件多年前的事，畢竟算起來，事情發生時，丹尼爾還沒出生呢！

看到同伴們都被勾起了興趣，布倫特便壓下聲音，邊營造恐怖氣氛，邊述說：「那是很久很久以前的事情了，當年龍族裡接二連三地出現幼龍失蹤的事件。龍族沒有養育後代的天性，幼龍孵化後便會自行覓食，他們會有一段時間獨自生活，直至化成人形後才會與父母相認，並且正式成爲家族的一員。」

龍族的繁衍地充斥著濃烈的魔法元素，這有助於幼龍化形，因此那裡也被龍族稱爲「聖地」，他們從不會在聖地以外的地方生下純血的孩子。

眾人對於幼龍的認知並不多，也從未見過未化形的幼龍。因此聽到布倫特談及幼龍相關知識，都被這個話題吸引了。只聽布倫特續道：「當年失蹤的都是還未化形的幼龍，因此一開始沒有引起龍族的注意，只以爲是幼龍不幸夭折。然而失蹤幼龍的數量愈來愈多，這才引起族人的注意。然後在探查下，發現一件不得了的事情……」

聽到這裡，幾人忍不住緊張起來，好奇到底是什麼讓孩子們失蹤。

布倫特沒有賣關子，立即說出了答案：「有一頭母龍把幼龍全都吃掉了。」

「什麼？」艾德雖然聽清楚布倫特說的話，可他總覺得自己聽錯了。

其他人也露出了懷疑人生的表情。

雖然龍族看起來像冷血的爬蟲類，然而這並不代表他們真的是爬蟲。相反地，龍族是聰明又長壽的智慧生命。

如果把這代入人類的情況，便是人類社會有兒童失蹤事件，探查後，原來是有人把那些孩子宰掉吃了！

吃掉同族，這無論在任何智慧種族中，都是很嚴重的罪行。

特別是龍族，雖然不太懂得育兒，但他們絕對護短。傳說在久遠的年代，龍族曾因爲有人類的法師把巨龍的屍體煉製成骨龍驅使，引起龍族不滿，直接把一個國家滅了！

然而布倫特卻很確定地把話重覆了一遍：「有一頭母龍把孩子們吃掉了。」

貝琳喃喃自語地感嘆：「天啊……」

丹尼爾詢問：「她爲什麼要這樣做？」

「不知道。當時我年紀還小，只記得那是頭性格孤僻的母龍。她總是離群獨處，我甚至從沒有與她說過話。」布倫特搖了搖頭，道：「那頭母龍實力很強，當年事件被揭發後，還有幾頭龍在追捕她的時候受了重傷。被捕後她卻一直保持沉默，什麼也不願意說。因爲這事情太嚴重了，因此龍王下令嚴刑逼供，想要追查出她這麼做的原因。然而在執法前，她卻自行了斷了。」

雖然布倫特沒有詳細說明對方是用怎樣的方法自盡，然而看他的神情，眾人都猜到當時的場面應該很慘烈。畢竟龍族的生命力與防禦力強悍得很，即使是自殺，也不是這麼容易能夠死掉的。

母龍把族裡的孩子吃掉，這的確是件很讓人驚悚的案件。然而艾德可沒有忘記這是一個「鬼故事」，雖然心裡很害怕，偏偏又想追求驚恐的刺激感，忍不住追問：

「然後呢？」

眾人聽到艾德的追問，不禁看了他一眼，心想這傢伙到底是害怕還是不害怕？

如果讓艾德回答冒險者們的疑問，他會理所當然地說道：害怕是真的害怕，但刺激也是真的刺激！

何況只是聽鬼故事，又不是真的遇鬼，所以還好啦！

只聽布倫特續道：「聖地是我們龍族誕生與死亡的地方，是我們的埋骨之地，同時也是我族孵化新生兒的絕佳場所。世世代代壽命到達盡頭的族人會自發性地回到發源地，在那裡靜待死亡的來臨。龍族的身體蘊含了強大的能量，這些能量在龍死後滋養著聖地，同時也回饋給我族的新生兒，讓龍蛋獲得足夠的能量順利孵化。」

說到這裡，布倫特壓低了聲音，道：「傳說要是屍體無法葬在聖地，那麼那龍族的靈魂便無法轉生，只能在世上徘徊。然而惡意吞食同族的罪行太重了，為了懲罰她，也為了儆戒其他族人，最終陛下下令用龍炎焚燒那頭母龍的屍身，並把無法燒燬的骨頭散落懸崖……」

「原本事情應該告一段落，誰知道有天晚上，死後連屍身也被驅逐的罪人卻回來了！」說到「回來」二字時，布倫特加重了語氣，直把艾德嚇了一跳！

眾人都被故事的恐怖內容感染，氣氛頓時變得凝重起來。

埃蒙期期艾艾地詢問：「她、她不是連屍體都被燒掉了嗎？」

布倫特解釋：「一開始是大家發現在罪人死去後，仍有幼崽失蹤。在追尋失蹤孩子的過程中，聖地頻頻傳出巨龍的悲鳴。而且不只一人看見了，聖地曾經出現過骨龍的身影……」

「『是她回來了嗎？』、『因爲沒有埋葬在聖地，所以她的靈魂便徘徊在凡間嗎？』、『她是回來復仇嗎？』……當時出現了各種有關那頭母龍死後回歸的傳言，恐怖的氣氛瀰漫族中。我們不怕戰鬥，族中也不乏驍勇善戰的勇士，然而面對已經死去、甚至連屍體都被焚燒得只剩骨架的同族罪人，我們到底該怎樣才能把本已死去的人再次殺死？」布倫特道。

聽到布倫特的話，即使浸泡在暖水裡，艾德也感到一陣寒意。他能夠感受到當年龍族的無奈與彷徨，不知道該怎樣對付已經不存在於世上的敵人，這正是他怕鬼魂的原因之一。

「後來呢？你們有把骨龍消滅嗎？」貝琳詢問。

「沒有。」布倫特搖了搖頭，道：「即使派出護衛巡邏聖地，可是那一年出生的所有幼崽全都慘遭不測。那些幼龍失蹤後找不到屍體，在黑市亦完全沒有消息，簡直就像……」

丹尼爾道：「就像那頭有罪的母龍仍在世的時候一樣，被她吃掉了？」

布倫特頷首：「是的，龍族的防禦力很高，即使只是幼崽，也無法完全把屍體消滅得沒有任何痕跡。除非……那些失蹤的幼龍是被人吃掉了！」

貝琳猜測：「會不會一開始大家都錯怪了，其實眞凶另有其人？因此即使你們所以爲的凶手自殺了，可是眞凶依然繼續殘害幼龍？」

布倫特卻否定了貝琳的猜測，他解釋：「不是的，當年那些尋找失蹤幼龍的人是親眼目擊到罪行，看到她把殺死的幼龍吞噬的。」

隨著故事的結束，一股恐怖氣氛蔓延。特別是浴室裡瀰漫著蒸氣，更讓他們有種骨龍正隱藏在霧氣中，不知會從哪裡撲出來攻擊人的錯覺。

你以爲令你感到恐怖的眞的是鬼魂？

不！

那種恐怖感來自你的想像！

之前表現得很鐵齒的丹尼爾也被氣氛感染，開始疑神疑鬼起來。他不得不承認艾德的話有時候也有些道理，看不見的敵人比明刀明槍更加恐怖。

埃蒙詢問：「那最後，你們有找到她的屍骨……或者鬼魂嗎？」

布倫特嘆了口氣，也不知道是惋惜還是慶幸地說道：「沒有，雖然那一年族中出現了不少相關的怪事與傳言，也有很多親眼在聖地目擊到骨龍的目擊者，然而誰也無法眞正抓捕到那頭神出鬼沒的骨龍。罪人死後滿一年，骨龍便從此消失無蹤，也沒有新生的幼崽再遇害，事情便不了了之。」

聽到骨龍沒有繼續作祟，艾德心裡嘆息著案件最後成爲了懸案，同時一直緊繃著的心情也放鬆下來。

就在他放鬆心神的瞬間，淒然的哭聲突然出現在浴室裡！

艾德被哭聲嚇了一跳，那聲音帶著回音，忽遠忽近地令人聽不出源頭在哪。艾德雙目瞪大，緊張地四處張望，深怕下一秒便有恐怖的東西從蒸氣或水中蹦出來！

哭聲持續了十多秒便消失，過了好一會，屏息靜氣的艾德這才恢復了正常的呼吸。他抓住身旁丹尼爾的肩膀，緊張地詢問：「你們也聽到了嗎？是日記裡所記載的哭聲！我就說這浴室有鬼的吧！」

不只艾德，所有人都聽到那陣哭聲了。如果說之前看到物件移動還能說服自己那是地震造成，那麼這次浴室裡出現詭異的哭聲就無法解釋了，而且完全符合日記裡記載的鬧鬼事件！

然而布倫特與丹尼爾卻沒有立即把事情往靈異方向想，這兩名資深的冒險者在經歷了接連可怕的靈異經歷後沒有因爲恐懼而方寸大亂，他們展現出強大的心理素質與冒險者應有的警戒，不約而同地仔細查探浴室的環境，再三確認這裡沒有任何可以躲藏的地方，保證沒有外人躲在這裡裝神弄鬼。

查探後的結果既幸運又不幸。幸運的是這浴室就只有肉眼可見的用石頭搭建的浴池，以及一座儲物用的木櫃，可以排除有人躲在這裡的可能性。不幸的便是既然沒有人裝鬼，那這一連串的怪事便無法解釋了。

難道……真的是因爲鬼魂作祟？

雖說人多能壯膽，但出了這種事，大家都不想在浴室逗留下去，梳洗一番後便再次在飯廳集合。

此時少女的日記還放在桌上，然而眾人都離它遠遠的，簡直就像這日記帶有病毒一樣。

泡了溫泉後，艾德整個人都暖和了起來，顯得有些懶洋洋的，不再是手腳冰冷的狀態。如果現在讓他躺到床上，絕對能夠一夜好眠——前提是他不會被靈異事件影響而作惡夢。

眾人都被鬧鬼事件弄得有些敏感，他們睡前再次檢查了遍飯廳那些曾經莫名移動的物品，同樣得出了這不是人力移動的結論後，都覺得毛骨悚然。

布倫特假咳了聲，道：「就像丹尼爾所說的那樣，反正這些奇怪的事件對我們無害，我們只是在這裡借住一晚而已，就別再深究了。」

丹尼爾嘲笑艾德：「對啊，要是艾德你真的太害怕，就去找埃蒙一起睡好了。反正你也不是第一天要人陪睡了，艾德小寶寶。」

然而艾德卻一點也沒有丹尼爾預料中的生氣，反而從善如流地詢問埃蒙：「雖然我已經不冷了，但今晚也可以拜託你陪我一下嗎？」

被請求的埃蒙很高興，拍著胸口一口應允下來：「交給我吧！」

雪糰看見艾德又邀請埃蒙這個「小妖精」陪睡，言語間卻似乎忘記了自己，立刻不爽地「啾啾」了聲。

艾德摸了摸肩膀上的雪糰，安撫道：「當然還有雪糰會陪著我，今晚就靠你們保護我了。」

雪糰聞言高興了，驕傲地挺了挺胸口，看起來更加圓滾滾：「啾！」

見艾德三言兩語便找到兩個「保鏢」，完全猜不到這展開的丹尼爾：「……」

丹尼爾之前是故意嘲笑艾德，壞心眼地想看看怕鬼的他會不會自尊心作祟，被激得拒絕埃蒙的陪伴。

結果艾德完全不接招，坦言需要別人的幫助。這讓丹尼爾就像一拳打在了棉花上，心裡鬱悶萬分。

貝琳看著埃蒙與艾德結伴離開的身影，忍不住笑著揶揄丹尼爾：「如果你有艾德一半的坦誠，說不定就能夠好好地交朋友喔。」

丹尼爾聽了之後不屑地冷哼了聲，心想：交朋友什麼的，自己才不需要呢！

於是在發生了連串恐怖事件後，埃蒙再次高高興興地霸佔了艾德的半邊睡床。

「艾德，你怎麼把那本日記帶過來了？」看到艾德拿著日記上床，埃蒙感到很奇怪。心想艾德既然怕鬼，不是應該對這日記有所避諱嗎？

就連他在經歷了那些怪事後，看到這本日記也覺得心裡有些發寒。艾德怎麼還將日記帶進被窩裡，而且在睡前觀看呢？

這到底是什麼詭異的睡前讀物!?

艾德解釋：「日記裡發生的事都相繼出現了，我有點在意屋主爲什麼會舉家搬離。要是眞有什麼危險，能夠預先知道的話比較好，這樣我們也能更好地應對。」

埃蒙覺得艾德說的有理，便自告奮勇地與艾德一起研究。於是艾德乾脆把日記放在枕頭上，兩人則趴在床上，頭碰頭地一起從頭閱讀。

可惜日記愈到後面，所記載的內容便愈是簡短與凌亂，看得出各種恐怖的靈異事件已經破壞了日記主人的平靜生活，以及對方愈發想要離開這裡的決心。

無法在日記中找到有用的訊息，艾德與埃蒙只得無奈地放棄了。反正就如布倫特所說，他們也只是在這裡借住一晚而已，應該不會發生什麼事情啦！

於是二人互道晚安，很快便進入了夢鄉。

04.
失蹤

艾德這一覺睡得格外地沉，然而良好的睡眠品質卻沒有讓他醒來後覺得神清氣爽。

相反地，睡醒後的艾德覺得頭很暈，四肢發軟得彷彿不屬於自己似的，而且渾身都痛，簡直像被人打了一頓！

「難道我的病情又嚴重了嗎？」艾德下意識把這些不適感歸咎於他那不爭氣的身體，然而當他渾沌的腦袋終於開始運作後，這才察覺身下的觸感硬得硌人，後知後覺地發現自己竟然已經不是躺在床上了！

「埃蒙！雪糰！」因爲暈眩的關係，艾德眼前白濛濛一片，他焦急地呼喊著同伴，然而卻沒有獲得任何回應。

過了一會，艾德的視線逐漸恢復，發現自己身處一間陰暗潮濕的囚房。發軟無力的手腳被繩索束縛著。

艾德心裡一沉，現在的情況怎樣看都很不妙。他下意識便想使出聖光照明，然而很快地又把這念頭壓下。無論是誰把他綁到這裡，顯然不是出於善意，使用聖光可能會引來抓他的人，暫時先低調行事比較妥當。

這裡唯一的光源只有柵欄外的一盞油燈，以至大半牢房都處於黑暗中，看不清楚整體環境。

憑藉著微弱的光線，艾德打量了下四周環境：牢房的木柵欄看起來很結實，出入口用鐵鏈鎖著。牢房兩邊是泛著水氣的泥壁，地面又濕又冷，仔細一聽，還能聽到流動的水聲？

艾德嘗試掙開手腳的束縛，然而繩結很牢也很緊，稍稍一動都覺得疼痛。掙扎的動作除了把自己弄傷外，對解開繩結完全沒有任何幫助，艾德只得無奈放棄。

艾德很擔心原本與他待在房間的埃蒙與雪糰，自己被莫名抓到這裡，不知道他們是否平安。

但艾德現在自身難保，即使再擔心，也做不到什麼了。

艾德已被囚禁在牢房裡，綁住手腳的繩結卻一點兒也不馬虎，束得非常緊，由此可見抓艾德來的人很謹慎。這讓艾德在行動時更加小心翼翼，深怕引起對方的注意。

不知道是因爲躺在濕冷的地板，還是綁匪抓他時用了藥的緣故，艾德渾身不舒服，覺得今天溫泉都白泡了。

他掙扎著坐了起來，心裡祈求經過這麼一折騰，可別再生病了。

就在艾德思考著接下來該怎麼辦時，他聽到了一道微弱的啜泣聲。

這讓不久前接連經歷靈異事件、此刻莫名身處陰森牢房中的艾德，起了一身雞皮疙瘩！

醒來後艾德的心思都在如何逃跑上，再加上被束縛手腳的行爲怎樣看也與鬼魂扯不上關係，所以艾德完全沒有往這個方向去想。

然而那聲啜泣卻瞬間勾起了艾德對鬼魂的恐懼，讓他的注意力從該怎樣逃脫出去，轉移到了這個囚房漆黑恐怖的環境。

陰冷、潮濕，再加上詭異的啜泣聲，恐懼彷彿一種無形的力量捏住艾德的心臟。

他屏息靜氣地看向發出聲響的地方，但那裡並不在火光映照的範圍，看不出到底有什麼藏匿在一片漆黑之中。

艾德考慮了下，在直接爬去黑暗中察看，與冒著引起歹徒注意的風險使用聖光照明之間，選擇了後者。

畢竟手腳被綁的他行動不便呢，要是黑暗中藏有鬼怪……他逃也逃不快呀！

雖然牢房裡若眞的有鬼，他也逃不到哪裡，但相較於自己主動進入黑暗，待在光明的地方至少比較有安全感。

小心翼翼地把光明之力聚集在指尖，艾德盡量壓制著力量，好讓聖光球的光芒不會太顯眼。

這可說是艾德有史以來使出的最迷你的聖光球了，然而在漆黑的環境中，微弱的光芒輕而易舉地驅散了黑暗，讓艾德看到發出聲音的人到底是誰。

艾德心裡閃過各種遇上恐怖影像的預想，懷著戰戰兢兢的心情看清楚聲音來源後，倒抽了一口氣。

並不是因爲啜泣聲眞的來自於恐怖的鬼怪，而是因爲——聲響的來源是幾個年幼的孩子！

「天……」艾德看著眼前的景象，難以想像這個環境惡劣的牢房裡竟然還關著幾個小孩子。看到這些孩子畏縮在黑暗中的模樣，艾德在心裡罵死了那個把他們抓進牢房裡的人。

兩頭狼崽被艾德亮起的聖光嚇得蜷縮在一起，就像兩顆灰色的毛球。那是一灰一白的兩頭小狼，看幼崽眼中充滿人性化的驚恐，艾德心裡有了不好的猜測——這也許是獸族的小孩。

兩頭小狼的旁邊，還有一個擁有淡金髮色的小女孩。女孩非常幼小，看起來不足五歲。她的長相甜美，並有著一對具有種族標誌性的尖長耳朵——那是一個精靈！

隨即艾德更發現精靈女孩雙手抱著某個東西，仔細一看……竟是一頭有著銀藍色鱗片的幼龍！

這些孩子一直藏身黑暗中，在艾德使出聖光球驅散黑暗後，褪去黑暗掩護的他們顯得非常不安。

黑暗在很多時候令人感到恐懼，可有些時候對於那些想隱藏身影的弱者來說，卻又能夠爲他們帶來安全感，這些孩子們顯然是後者。

艾德察覺到了這點，體貼地降低聖光球的亮度，果見孩子們緊繃的情緒略微緩和下來，但仍是充滿警戒地緊盯著他。

奇怪的是，幼龍有別於其他孩子，在這種緊張的氣氛下依舊窩在女孩懷裡呼呼大睡，完全沒有醒來的跡象。

龍族對光線很敏感，還未能夠化形的幼龍更有著極度的警戒心，因此這情況怎樣看都不太尋常。

艾德猜測也許是凶手忌憚龍族的戰鬥力，便向幼龍下藥，讓他一直沉睡。聯想到自己是無知無覺地被人搬到牢房裡，更對這個猜測肯定了幾分。

看到這幾個小孩子與自己關在一起後，雖然艾德依然不明白凶手爲什麼能夠神不知、鬼不覺地將自己抓走，但對於自己爲什麼會出現在這裡，倒有點頭緒了。

他們應該是遇到人販子了！

無論哪個年代，人口買賣都是一本萬利的生意，因此販賣人口的黑市屢禁不止。

即使刑罰再重，可只要有足夠的利益，便會有亡命之徒挺而走險。

可愛的小孩子、美麗的女性、武藝高強的士兵……這些在人販子眼中都是閃亮亮的金幣。聽說以前能夠光明正大販賣奴隸的歲月裡，這些也是最能賣錢的奴隸。

雖然艾德認爲自己並不是備受人販子青睞的種類，可是想到自己身爲世上最後一個人類的珍稀身分，也許……他還挺値錢的？

確定了到底是誰在黑暗中發出聲響後，艾德見聖光球沒有引來凶手的注意，便乾脆把它留下來照明。

艾德嘗試呼喚孩子們過來，然而不知道他們是否太害怕了，只逕自縮在一起，完全不理會艾德，眨動著眼睛緊盯著他的一舉一動。

艾德心裡無奈，卻也不敢逼迫他們，以免引起他們過激的反應。手腳被綁的他，只得像毛毛蟲般艱辛地往孩子們的方向移動。

看到艾德的動作，孩子們全都一臉驚恐地往後縮，精靈女孩還忍不住小聲啜泣起來。

明明艾德與他們一樣是階下囚，可這些孩子卻如此害怕他，這實在不像面對獄友的表現。

也不知道這些孩子的態度，是因爲被綁匪教訓得怕了，還是因爲艾德的人類身分？雖然各種族對人類的誤解讓艾德很無奈，但他寧可是因爲孩子害怕人類才不願搭理他。至少這代表孩子們並不是因爲在綁匪手上受到太多苦，而留下了誰也不敢接近的陰影。

精靈女孩抱著幼龍瑟縮一角，兩頭獸族幼崽也嚇得炸毛了，讓艾德覺得自己好像變成了壞人一般。

爲免嚇到孩子，他在距離他們幾步之遙時便停止了前進，微笑著勾起嘴角，努力露出最和善的模樣與他們打了個招呼：「嗨！」

然而這友善的呼喚，卻把精靈女孩嚇得直打顫。兩頭小狼也很恐懼，卻依然勇敢地擋在小女孩與昏睡的幼龍身前。

距離拉近後，艾德清楚看見幾個孩子有些髒兮兮的，不知被抓來這裡多久了，但精神還不錯。

一白一灰的兩頭小狼崽毛髮上都有血跡，嘴巴被鐵鍊束縛著，防止他們咬人。灰色的那頭行走時還抬起了右前肢，顯然是受傷了。

艾德也注意到束縛著小狼的鐵鍊用銅鎖鎖住，可以看出綁匪對這兩頭小狼頗爲顧忌，說不定曾在他們手上吃過虧。

精靈女孩的臉上則有個殘留的巴掌印，雖然看起來應該是舊傷，然而半邊臉還腫著，當時這一巴掌絕對打得不輕。

四個孩子中唯一沒有受傷的，就只有仍在呼呼大睡的銀藍色幼龍。

看到孩子們的傷勢後，艾德頓時怒火中燒，但他不想嚇到本已是驚弓之鳥的他們，便努力壓下滿腔怒火，微笑著說道：「別怕，我來治好你們的傷勢喔。」

說罷，艾德使出了治療術。

空間戒指已被收走，這代表著艾德無法使用權杖。然而幸運的是，孩子們的傷只是皮外傷，甚至爲免太大動靜引來綁匪，艾德還特意壓制了能力。

淡淡金光覆在孩子們的傷口上，溫暖的感覺舒緩了他們的驚恐與緊張。孩子們驚奇地感覺到身上的傷痛逐漸消失，最終傷勢在金光的治療下都痊癒了。

感受到艾德的善意，孩子們漸漸冷靜下來，對艾德的接近也沒有一開始那麼抗拒。艾德見狀便再次往前挪動，來到了他們身前，再次與他們打聲招呼：「你們好，我的名字是艾德，你們叫什麼名字？」

這一次，艾德順利獲得孩子們的回應，只見精靈女孩怯怯地說道：「我叫克莉絲汀，這是小白與小灰。」

兩頭小狼崽「嗚嗚」了兩聲，看表情，顯然對這名字很不滿意，但嘴巴被束縛著，他們無法正常說話。

艾德當然不會認爲兩頭狼崽眞的叫小白與小灰，這很大機率是克莉絲汀臨時爲他們取的名字，爲了方便叫喚。因此艾德便裝作看不懂兩頭小狼的抗拒，默認了這兩個綽號般的名字。

交換彼此名字後，艾德已獲得克莉絲汀初步的信任。他向女孩露出溫柔的笑容，求助道：「克莉絲汀，妳好。妳可以幫我把這些繩子除下來嗎？」

聽到艾德的話，小女孩有些猶豫。那些壞人不允許她幫助這些同樣被抓的人，在克莉絲汀剛被抓來的時候，便因爲想要幫兩頭小狼解開捆綁嘴巴的鐵鍊，這才被那些壞人打了一巴掌。

當時那些壞人打得她可狠了，這些天吃東西時嘴巴都好痛。要不是艾德替她治好，克莉絲汀還不知道要痛多久。

看克莉絲汀猶豫又害怕、明明想幫忙卻又不敢上前的模樣，艾德猜測那些綁匪事先已經威嚇過小女孩了。

艾德與兩頭小狼都被綁著，幼龍直接被迷倒，就只有克莉絲汀能活動如常。大約是對方見精靈女孩太弱小，沒有反擊的能力，這才沒有綁著她。

再加上小狼被鐵鍊綁住，嘴巴只能打開一條狹縫，無法自行進食，得要有人餵他們。綁匪懶得花時間照顧這兩頭狼崽，便讓克莉絲汀代勞。

艾德憐惜克莉絲汀這段時間所受的壓迫，也理解她的恐懼。然而只有想辦法逃脫，眾人才有活路。不然他們被人販子運送到其他據點後，再想走便更加困難了。

於是艾德可憐兮兮地向克莉絲汀示弱：「妳能幫我嗎？它弄得我有些痛……」

雖然克莉絲汀心裡害怕，但她是個善良的孩子，聽到艾德喊痛，還是上前為他解開束縛雙手的繩子。

艾德心裡感動，向克莉絲汀展露笑顏，昏暗的牢房也彷彿因為艾德的笑容而明亮了起來。

孩子們這麼快便願意接受艾德，除了因為艾德為他們治好傷勢外，不得不說他的顏值也佔了很大的優勢。

艾德長得好，還是那種溫柔又充滿親和力的長相，怎樣看都是完全沒有任何侵略性的病弱美青年。因此他喊痛時特別有說服力，也特別惹人憐愛。

即使是克莉絲汀這個還懵懵懂懂的年幼孩子，也躲不開艾德的魅力。看到這個好看的小哥哥蒼白著一張漂亮的臉蛋喊痛，克莉絲汀連害怕也顧不上，賣力地解著緊緊束縛艾德雙手的繩結。

今天的克莉絲汀，是個救美的大英雄呢！

棒棒噠！

◆◇◆

時間回到稍早以前，在艾德昏睡著被綁匪丟進牢房時，冒險者們發現到艾德失蹤了！

埃蒙從昏睡中醒來，立即發現身旁空無一人，本應睡在旁邊的艾德不見了！

綜合醒過來後暈頭轉向的不適感，以及空氣中充斥著淡淡的迷藥氣味，再加上依然昏迷不醒的雪糰，無一不在說明他們在睡夢時遭了暗算。

身爲冒險者，埃蒙一向睡得不沉，只要有些許動靜便會驚醒。特別是這棟木屋處處透露著詭異，因此休息前他在房間門窗弄了一些小機關，有入闖入時立即會知道。

然而當埃蒙強忍不適上前察看時，卻發現這些小機關沒有被觸動。也就是那個迷昏了他與雪糰、並且帶走艾德的人，沒有經過任何出入口進入房間？

……能夠把人帶走且完全不留痕跡，該不會是鬼魂把人抓走吧？

原本已經很不舒服的頭變得更痛了，簡單看過現場後，埃蒙便抱著依舊在昏睡的雪糰去敲響同伴的房門。

找人幫助的短短路程中，埃蒙混亂的思緒還想了很多有的沒的，比如：他敲響了所有房門卻沒有人走出來，同伴們全都失蹤了。又比如開門的不是人，而是長相恐怖的鬼怪……

所幸埃蒙這些可怕的幻想都沒有成真，布倫特等人全都安然在房間裡睡覺。直至埃蒙敲響他們的房門之前，誰也沒有察覺到異常。

這更讓埃蒙覺得帶走艾德的人不簡單，布倫特這個資深的冒險者就在艾德隔壁房，要是對方從正門進來，勢必要經過布倫特的房間，然而整個劫人的過程卻沒有驚動到布倫特分毫。

得知狀況後，一眾冒險者立即行動起來。但經過調查，卻發現木屋外面的泥地沒有任何可疑印子。要知道這幾天都在下雨，要是曾有人接近木屋，不可能沒有留下任何痕跡。

難道……眞的是鬼魂作祟嗎？

就連最不信鬼神的丹尼爾，也不由得生出了這種想法。

在外面找不到有用的線索，眾人便重新聚集在艾德的房間。畢竟艾德就是在這裡失蹤，無論作祟的是人是鬼，至少能夠肯定歹徒曾來過這間房。

貝琳見埃蒙一臉自責，平時精神奕奕的眉眼透出明顯低落的情緒，知道他必定因爲自己無法保護艾德而深感歉疚。

於是在房間裡尋找線索的同時，貝琳邊與埃蒙閒聊起來，希望能夠分散他的注意力，讓他別鑽牛角尖：「我突然想到，今天不是聽到一陣哭聲嗎？埃蒙，你說那哭聲像不像小孩子的聲音？」

埃蒙確實非常自責，他覺得自己眞是太沒用了，明明與艾德睡在一起，可是艾德被抓走時他竟然完全沒有察覺。

聽到貝琳的話，埃蒙強打起精神回答：「這麼一說……回想起來還眞的挺像小孩子的聲音。艾德不是曾說過，這個城鎭的祭司把不少領養的孩子虐殺了嗎？」

說到這裡，埃蒙忍不住打了一個冷顫，驚恐說道：「天啊……該不會……屋裡作祟的鬼魂就是那些孤兒吧？」

聽到獸族姊弟說得好像眞有那麼一回事，丹尼爾忍不住搭話：「如果眞的是那些枉死在神殿的孩子，那些鬼魂針對艾德也很合理，畢竟他們跟祭司有血海深仇啊！」

幾人隨意的對話，卻讓布倫特聽出了一些特別的東西。

一直在房間尋找線索的布倫特霍地抬頭，說道：「對了！那件案件！我怎麼沒有想到呢……」

看布倫特露出一副恍然大悟的神情，貝琳疑惑地詢問：「你不會眞的覺得抓走艾德的，是那些被虐殺孩子的鬼魂吧？」

然而布倫特卻搖首道：「不，我只是突然想起，艾德不是說過當年的神殿裡設有暗道，那個變態祭司把孩子們囚禁在地下牢房！」

聽到這裡，丹尼爾也猜到布倫特想要表達的意思了：「房間沒有被闖入的痕跡，然而艾德卻確確實實從這裡失蹤了，說不定這個房間，就像那座神殿一樣，連接著通往地底的暗道？」

獸族姊弟聞言瞬間明瞭，都覺得布倫特的猜測有理。若真有人利用暗道犯案，的確能夠神不知、鬼不覺地出入房間，而門窗等出入口也不會留下任何痕跡。而且他們還想到，如果有人利用地下通道作案，說不定便可以解釋他們進入木屋後，屢次遇到的靈異事件了！

於是眾人再次檢查房間一遍，並且特別注意有沒有難以察覺的暗門。但他們找了好一會卻依舊沒有收穫，就在眾人一籌莫展之際，埃蒙終於憑藉獸族特有的野性直覺，在牆角地板找到一處充滿違和感的地方。

即使怎麼看都只是尋常的木地板，不過盯著那個位置時，埃蒙就是覺得有一種危險的感覺！

他連忙呼喚貝琳過來查看，貝琳也同樣覺得這裡有些不祥，然而二人卻又找不到地板到底有什麼特殊之處。

布倫特敲了敲木板，聲音與手上傳來的觸感都沒有異樣。他思索片刻，道：「如果這裡眞的有問題，很可能是用了魔法來掩飾。」

提到魔法，擁有最強大魔法的種族絕對要屬龍族。他們的族人都有魔法天賦，一出生便能夠使出驚人的元素魔法。

同樣天生便懂魔法的還有精靈族，但相較於龍族能因應自身屬性不同而使出不同的元素魔法，身為自然界寵兒的精靈族，則是都擅長自然魔法。

獸族的話，技能值全都點亮到體格上了。

至於妖精嘛……能力便是賣萌……咳！製藥才對。

與這些要不很「專一」、天生只擅長一種屬性魔法，要不壓根是魔法絕緣體的種族相比，人類便顯得非常獨特。

他們不像龍族與精靈是天生的魔法使，以人類龐大的人口來算，有魔法潛能的人非常稀少。在經過各種刻苦的訓練後，能夠成為菁英的更是萬中無一。

然而人類擁有強大的創造力，比起其他種族本能地使用魔法，他們會將原有的魔法進行改良與創新。

人類不僅把魔法用於戰爭，還發明了不少實用性的魔法，種類多不勝數。

像隱藏行蹤、遮掩東西等法術，布倫特與丹尼爾都曾見過人類的魔法師施展。再聯想到這裡有過與暗道相關的虐殺兒童案件……他們有了一個不好的猜測。

丹尼爾想了想，做出一個大膽的決定：「既然這房間已找不到其他有用線索，我們不如放火把它燒掉看看吧。」

05.
暗道

丹尼爾的提議實行起來的確簡單快捷，卻有著一定的風險。畢竟燒燬房間，有些沒留意到的線索也許會隨之被毀，再也無法補救。

然而布倫特思考片刻後，還是同意了丹尼爾的建議。他相信埃蒙與貝琳的直覺，獸族本就有逃避危險的野獸本能，身爲冒險者，多次出生入死的姊弟倆更是比尋常獸族敏銳。

既然貝琳與埃蒙都覺得那個位置有問題，在搜索多時依然沒有其他線索的情況下，便很有確定的價值。

布倫特把雪糰放到口袋裡，他是火系的龍族，自身有著屏除火焰的能力，雪糰在他身邊是最安全的。

眾人退出房間後，布倫特便伸手按住獸族姊弟覺得有問題的位置，很快地，熱炎烈焰便從他手心升起，並迅速蔓延，三分之一的房間立即吞沒於大火之中。

其他人對此早有準備，在火勢變得無法控制之前，拿著早已準備好的清水把它撲熄。

幻術只能干擾人們的五感，卻無法真正抹除想隱瞞的存在。在房間都被火焰破壞熏黑後，原先看起來並無異狀的角落，赤裸裸地透露出「確實有問題」的感覺了。

埃蒙雖然很開心大家願意相信他的直覺，然而只要還沒確定他的感應是否正確，依然是忐忑不安。現在見自己猜得沒錯，頓時高興地歡呼：「真的是這個位置！艾德應該就是從這裡被人帶走的！」

彷彿回應埃蒙的話，下一秒，幻境終於承受不住龍炎的力量而毀損。原本怎麼試探也找不出異樣的木地板上，出現了一扇與地板相同顏色的小木門。

救人心切的埃蒙立即上前掀起木門，其他人見狀想要阻止已經來不及。

小門沒有上鎖，埃蒙輕易便把它打開。幸好綁匪沒有在裡面設置打開就會觸發的陷阱，眾人腦中瞬間浮現起的各種不安想像都沒有發生，但也已足夠讓他們嚇出一身冷汗。

貝琳握著拳頭，上前狠狠敲了埃蒙的頭一下，壓低聲音地怒吼：「你這種毛毛躁躁的性格到底什麼時候能改？要是木門裡面設有機關，你現在已經涼了！可別還沒把艾德救回來，自己先賠了進去！」

可憐埃蒙因爲打開了暗門，爲免聲音引起暗道內綁匪的注意，被貝琳打得再痛也只能忍著，連大聲呼痛也不可以。只能委委屈屈地摀住被敲出一個大包的頭，深怕生氣的貝琳再來一下。

埃蒙也知道自己做錯了，他對艾德的失蹤太過自責，心急救人之下便大意了。見到貝琳又氣又急的模樣，連忙向布倫特投以求救的眼神。

然而出乎眾人意料，丹尼爾卻先布倫特一步上前，開口爲埃蒙求情：「算了貝琳，別打了。」

大家都覺得很驚奇，丹尼爾一向對獸族姊弟非常嚴厲，這次不跟著一起打已經很好了，怎還會爲埃蒙說話呢？

就連埃蒙也狐疑地看向丹尼爾，總覺得事情並不單純。

果然下一秒，便聽丹尼爾續道：「本身腦殼已經進水了，再把裡面的水打出來，不就空了嗎？」

果然！

埃蒙氣呼呼地瞪了丹尼爾一眼，不過經過丹尼爾這麼一打岔，貝琳的氣也消了，埃蒙順利逃過一劫。

布倫特打量這條狹窄又陰暗的通道，這是一個垂直的出入口，四周是簡陋的泥壁，有一條繩梯供人進出。

這個出入口實在太窄了，綁匪根本無法揹著艾德一起進入，布倫特猜測對方應該是用繩子綁著艾德把人垂吊下去。檢查了下出入口的位置，果然在木板上發現磨損的痕跡。

能夠感受到很微弱的氣流，顯然下面連接著其他地方，而且很可能還有別的出入口。

眾人已做好了最壞的打算，例如一下去便遭遇戰鬥，甚至艾德作爲人質被挾持用來威脅他們……但這都不是讓布倫特感到最頭痛的，此刻讓他面有難色的是其他原因：「這個出入口……也未免太窄小了。」

暗道的入口並不寬敞，對眾人之中身材最爲健壯的布倫特來說，實在沒有通過的自信。

然而救人如救火，他們不知道被抓走的艾德此刻是什麼情況。時間拖得越久，艾德便多一分危險，救人實在刻不容緩了。

因爲實戰經驗最多，加上龍族的防禦力強悍，因此平常總是由布倫特擔當打頭陣的重任。但入口的寬度對他來說實在很不友好……於是大家商議過後，決定依照體格來安排進入暗道的順序。

於是往常總是領頭的布倫特，這次卻是最後一個進入。在這個策略下，即使布倫特眞的不幸在進入暗道時卡住了，至少不會阻礙其他同伴的前進。

此行首先進入的是丹尼爾，精靈族纖瘦靈巧，輕輕鬆鬆便進入了暗道。

只是他的運氣有些不好，剛下了繩梯來到位於地底的暗道，還沒來得及進行探索，便與其中一名留守暗道中的綁匪對上了！

綁匪驚訝地瞪大雙目，顯然不明白隱蔽的地道怎會被人發現。不待他做出反應，丹尼爾已反身一踢，又長又直的大長腿狠狠踢中了對方的頭顱！

綁匪直直往後飛了出去，撞到泥壁上、發出一聲悶響。丹尼爾一腳直接把人踢暈了，敵人連呼喊同伴的聲音都來不及發出。

對敵過程電光石火間便結束，就在丹尼爾乾脆俐落地打倒敵人的同時，尾隨他的埃蒙也輕輕鬆鬆成功抵達地道，正好看到敵人被踢飛出去的凶殘一幕。

看見綁匪瞬間失去意識的可憐模樣，埃蒙不由自主地退後兩步，離渾身殺氣的丹尼爾遠些，並且一臉的欲言又止。

丹尼爾盯了埃蒙一眼，問：「怎麼了？」

埃蒙弱弱地道：「呃……你把人踢暈，就問不到艾德的位置……」

「哎呀！」不待埃蒙把話說完，上方的通道突然傳出貝琳的低呼聲。

丹尼爾與埃蒙頓時警戒起來，埃蒙立即確定貝琳的狀況：「貝琳，妳還好嗎？」

貝琳的嗓音很快便從上方傳來，聽聲音應該沒什麼大問題，只是話裡卻有些語焉不詳：「我沒事……也不能說完全沒事……總之你們先去找艾德吧！」

說罷，貝琳又吞吞吐吐地補充：「我、我卡住了……」

丹尼爾與埃蒙：「？」

貝琳不胖也不壯啊，怎麼會卡住？

埃蒙擔心姊姊的安危，再次爬上繩梯探頭看看。確定對方真的沒有危險後，很快便回到了地道。

然後他滿臉通紅地把貝琳的狀況小聲告知丹尼爾，丹尼爾那雙尖長的耳朵也隨之紅了起來。

丹尼爾假咳了聲，對還在地道上方的貝琳與布倫特說道：「那我們先去找艾德，你們……盡快跟上來吧。」

說罷，丹尼爾轉向躺在地上昏迷不醒的綁匪，塞住對方的嘴並綁住手腳，隨即一腳往他的肚子狠狠踩下去！

綁匪痛得醒了過來，然而嘴巴被塞住的他連呼痛也不能。之前丹尼爾毫不留情的一擊把他踢得腦震盪，現在看東西都不清楚了，又痛又暈眩又想吐。

丹尼爾以小刀架住直冒冷汗的綁匪，勾起嘴角道：「我有事情問你，你最好乖乖回答。」

精靈長相俊美，掛著笑容的臉更是賞心悅目，然而此刻這美麗的笑顏看在綁匪眼中，卻彷彿惡魔的笑容。

說罷，丹尼爾便讓綁匪帶他們去找艾德。他拉著對方的衣領，直接把人在地道上拖行。這個綁匪是個獸人，只覺得屁股被粗糙的地面磨得火辣辣地痛，感覺尾巴都要掉了！

地道有很多岔口，沿途遇上岔道，丹尼爾便讓獸人綁匪爲他們指路。一開始對方很不合作，被丹尼爾揍了幾頓後，才不再做無謂的掙扎，每到岔路便很乾脆地伸手爲他們指方向。

見對方這麼老實，丹尼爾也不再揍他了。冒險者兩人分工合作，丹尼爾挾持著綁匪讓他帶路，埃蒙則邊走邊刻下記號，好讓布倫特與貝琳下來後能夠順著記號找到他們。

一路上都很順利，就在他們覺得應該很快就能找到艾德之際，埃蒙突然驚叫了一聲。

「怎麼了？」丹尼爾連忙警惕起來，然而他環視四周，卻沒有發現任何異常。

埃蒙略帶驚懼地指了指另一邊的岔道：「剛才有個白色人影站在那邊的岔口，還向我招手！」

「那邊沒有人啊。」丹尼爾說罷，敏銳地察覺到綁匪聽到他們談及另一邊岔口時，表情有瞬間的不自然。

丹尼爾皺起眉，眼神凶惡地盯著對方：「你剛剛在耍我，指的路根本不對！」

這話丹尼爾說得肯定，但其實只是看到綁匪神色有異後說來詐他的。結果對方卻心虛地移開了視線，丹尼爾便確定了自己的猜測是對的。

這人一開始帶他們走的路線是正確的，可這只是用來讓他們放鬆戒備的陷阱。走到這個岔口時，他便開始生出了不應出現的心思。

果然是自己剛剛太仁慈了，給了對方耍小動作也不會有事的錯覺嗎？

丹尼爾冷笑了聲，然後二話不說地把綁匪的一雙腿折斷！

強烈的痛楚讓綁匪面容扭曲，要不是丹尼爾眼明手快地再次塞住了他的嘴巴，只怕慘叫聲已響徹地道了。

埃蒙看到綁匪的慘狀，雙腿彷彿也痛了起來。只是他完全不會同情對方。他們給過對方機會，是他沒有好好珍惜，那就別怪他們不客氣了。

「難道那個白色的人影……是示意我們走這條路才是正確的嗎？」丹尼爾看向另一條岔道，喃喃自語。

三人之中唯一目擊人影的埃蒙，恍然大悟地說道：「這麼說來，那個白影身量不高，看起來就像個未成年的少年……這條暗道，是那個變態祭司用來囚禁領養的孩子與棄屍的地方。丹尼爾，你說那會不會是那些孩子的亡靈？」

丹尼爾對埃蒙的言論不置可否，道：「走吧。」

說罷，再次拖著綁匪行走。過程中屢次弄痛對方的斷腿，即使綁匪的嘴巴被封住，可埃蒙看到對方痛得直翻白眼的模樣，耳邊好像能夠聽到殺豬般的呼痛聲呢！

✦✧✦

此時的艾德，終於在克莉絲汀的努力下掙脫了手腳的束縛。揉了揉手上被粗糙繩索勒得見血的傷口，一道聖光在艾德手腳上浮現，瞬間治好了擦傷。

艾德看了看身前的孩子們，幼龍是被藥物弄暈的，聖光只能治療傷勢，很遺憾地，無法消除藥效。

至於兩頭小狼的鐵鍊，艾德嘗試了下，發現解不了上面的鎖，只得暫時放棄，轉而研究牢房的木柵欄。

木柵欄的出入口也用鐵鍊鎖著，艾德看著與小狼嘴巴上幾乎一模一樣、只是大了一號的鐵鍊，覺得自己從未像現在這般討厭鐵鍊這種東西。

姑且伸手拉扯兩下，果然如預期般完全扯不斷……

艾德忍不住想，要是被抓來這裡的人是布倫特就好了。

絕不是他黑心，只是以布倫特的力氣，應該可以直接扯斷鐵鍊吧？

就在艾德鬱悶地折騰著手中鐵鍊之際，外面油燈的火光映照出一抹逐漸接近的黑影。影子在晃動的燈火下有些扭曲，看起來就像前來索命的惡鬼。

有人接近！

能夠在地道中自由出入的，一定是那些抓他們的綁架犯。艾德揮了揮手示意孩子們躲回陰影裡，一臉緊張地等待綁匪現身。

當艾德看清楚「綁匪」的臉後，他整個人呆滯了片刻才震驚喊道：「丹尼爾？埃蒙？」

丹尼爾與埃蒙也在打量牢房裡的艾德。雖然對方因爲受了這番折騰，看起來萎靡不振，但應該沒有受傷，二人暗地鬆了口氣。

艾德還沒從剛剛的思考邏輯反應過來，因此他的下一句話是：「你們便是綁架我們的人!?」

埃蒙聞言瞪大雙目，露出同樣震驚的表情連連搖手：「不不！當然不是！」

丹尼爾則是一副無法忍受愚蠢同伴的模樣，怒吼：「我們是來救你的！你的腦袋是因爲被綁架而壞了嗎!?」

問話一出，艾德隨即反應過來自己到底問了什麼白痴問題，立即不好意思地道歉。

躲回陰影處的克莉絲汀見艾德與來人似乎認識，小心翼翼地探頭察看好一會，隨即拉了拉艾德的衣角，示意艾德靠過去。

艾德見狀，便蹲下來詢問女孩：「怎麼了？」

克莉絲汀貼著艾德的耳朵，與他說悄悄話：「他們是不是壞人？」

艾德無奈地看了丹尼爾一眼，在心裡瘋狂吐槽。

我早就說過讓你別老是拉起斗篷的兜帽了，這副藏頭露尾的模樣，怎麼看都很可疑呀！

要是看到你的精靈耳朵，克莉絲汀便不會認爲你是壞人了吧？

艾德搖了搖頭，解釋道：「妳別怕，他們都是我的朋友，並不是壞人。看到那個穿斗篷的大哥哥嗎？他跟克莉絲汀一樣，都是精靈喔！」

說罷，艾德便向丹尼爾做出一個取下兜帽的手勢。爲了安撫克莉絲汀，丹尼爾只好不情不願地脫下兜帽，露出被遮掩的尖長耳朵。

克莉絲汀看了丹尼爾一眼，又道：「可是他看起來很凶！」

艾德忍不住失笑。*丹尼爾還眞的老是被人說凶巴巴的，不像個精靈呢！*

明明長相很俊美，可卻怎麼看都是一個壞人相……

想到這裡，艾德心念一動。誰說精靈族就一定不是壞人？說不定那些綁匪中就有精靈族的人！

愈想，艾德便愈覺得有這個可能。精靈族很宅，精靈森林也不是他人能夠隨意出入的地方。綁匪中有精靈族的人當內應，才能把這個孩子從精靈森林裡帶出來吧？

可惜克莉絲汀年紀太小，艾德曾詢問過她是怎樣被抓的，這孩子卻懵懵懂懂地說不上來。

一旁的丹尼爾看了看與艾德說悄悄話的克莉絲汀，隨即視線往下移，轉到克莉絲汀抱在懷裡、正呼呼大睡的幼龍身上，接著再下移，看向地板上、炯炯盯著他們看的兩頭小狼。

……這是什麼？買一送四？

明明只是來救艾德而已，怎麼還附贈了幾個小鬼!?

嗅到了麻煩的味道！

「這些孩子是怎麼一回事？」丹尼爾問。

艾德無奈地解釋：「我醒過來時，他們已經在牢房裡面了。據克莉絲汀所說，他們是被人抓來的。我猜測……抓她的那些綁匪中也許有精靈族的人。」

對於艾德的猜測，丹尼爾毫不意外，甚至表現出贊同：「這麼小的孩子一般都在精靈森林生活，看到這個小ㄚ頭被帶來這裡，我也猜到了精靈族有內鬼。」

艾德聞言點了點頭，連同樣是精靈族的丹尼爾也這麼認爲，那麼精靈森林似乎也不似想像中，是個一片和諧安樂的地方。

果然無論什麼種族，都是有好人跟壞人的呢！

當然以上論點不包括魔族，先不說魔族到底稱不稱得上生命體，它們的存在本身已威脅到魔法大陸上的種族。這已經不是善惡的問題，而是生死存亡之爭了。

隨即艾德把目光投向被埃蒙抓住的綁匪身上：「他就是抓我來這裡的綁匪？你們只遇上一個人嗎？克莉絲汀說抓他們來的人不只一個，應該還有其他同伙。」

艾德曾問過克莉絲汀有多少個綁匪，但孩子還不太懂得數數，只能知道對方絕對不只一人。

既然已經找到艾德，也無法從綁匪口中問到更多資訊；再加上這人在這裡讓孩子們非常緊張，於是埃蒙便當著孩子們的面，用手刀砍暈了綁匪。

只見原本一臉驚懼的孩子們，此刻看向埃蒙二人的眼神都變得亮晶晶的，簡直就像在看英雄。

埃蒙速度太快，艾德想要阻止已經來不及了：「哎呀！別……我還沒問他鐵鍊的鑰匙……」

然而艾德的話只說到一半，便見丹尼爾不知從哪拿出了一條鐵絲，伸進鎖頭弄了兩下就把鎖打開了。

艾德把想要說的話吞回了肚子裡。

看著丹尼爾嫻熟的開鎖動作，簡直就像個竊盜老手，艾德不由得認同剛剛克莉絲汀的話。

丹尼爾這個傢伙，眞的不像個好人啊……

在這麼陰暗的地下通道中，還用斗篷把自己包得嚴嚴密密，怎麼看怎麼詭異。

而且……

艾德瞪了丹尼爾一眼。

你不覺得你太熱，而你的同伴太冷了嗎？

06.

新的發現

不待艾德向丹尼爾討斗篷來保暖，埃蒙已體貼地遞上從綁匪身上搜出來的、屬於艾德的空間戒指。

艾德連忙從戒指中取出衣服換上，總算脫離了只穿睡衣冷得發抖的困境。

其實艾德還有一肚子的疑問，比如他們現在到底身處哪裡，丹尼爾他們又是怎麼找到自己的。

只是看了看暗道裡再也沒有其他同伴出現，艾德便把這些疑問放到一旁，先確定同伴的安危。畢竟他睡覺時被人莫名其妙地綁到這裡，實在擔心其他人會不會也遭遇危險：「布倫特與貝琳呢？他們沒有一起過來？」

埃蒙與丹尼爾對望了一眼，不知爲何，二人的神情都有些尷尬。

他們以眼神互相推諉了好一會，最後埃蒙宣告敗北，擔任負責告知艾德的一方，他道：「我們在房間裡找到了通往地道的入口，只是那個出入口太狹窄了，所以暫時只有我們下來。布倫特與貝琳仍在想辦法進入，應該晚些便會趕到。」

然而埃蒙的解釋卻令艾德更加疑惑了：「布倫特的話我理解，可是貝琳也進不來嗎？」

埃蒙尷尬地假咳了聲，道：「她卡住了。」

見艾德仍一臉問號，埃蒙滿臉通紅地在胸前比劃了下。

艾德頓時想起貝琳傲人的身材，瞬間理解，臉也紅了起來。

答案實在太令人尷尬了，於是話題就此打住。

雙方交換情報後，艾德確定了之前的猜測。從丹尼爾對綁匪先前的逼供中，他們知道這是一伙販賣人口的團體。他們早在精靈族回收這個廢棄小鎮時，便利用地底的暗道作爲祕密據點。

他們會把抓來的孩子藏在暗道裡，待風聲過去後就把孩子運走，送到販賣人口的黑市中拍賣。

誰也沒想到那些失蹤的孩子們會被藏在地底，因此這些歹徒賣了不少小孩，至今都沒有人能夠抓到他們。

直至那個中了魔獸毒的精靈族少女與家人一起遷入斯柏林鎮，才讓他們有了被人發現的風險。

少女一家發現小鎮上有間木屋意外地保存得不錯，又能從那裡直接獲取地下泉水，於是便直接將木屋翻新改裝成新家……

至於爲什麼那裡保存得好？因爲那是他們這幫人販子的據點之一啊！

雖然他們的主要基地還是在地底，但少女一家霸佔了地道的其中一個出入口，讓他們感到很不爽，而且也怕地道的事情會被精靈們發現。

日記中記下的鬧鬼事件，很多都是他們利用場地的便利來僞裝的。

例如屋裡出現的鬼魂，其實都是由綁匪假扮的。他們利用地道，神不知、鬼不覺地潛入木屋，完全不須從正門出入。

又例如少女聽到的哭泣聲，其實是地道裡傳出來的孩子的哭聲。

一開始，人販子只是想把精靈們嚇走，但後來他們卻生出了其他壞心思——精靈族長相貌美，在黑市中一直很受歡迎。只是這個種族太宅了，老是待在精靈森林裡不出來，這些人販子也只能抓些沒有反抗能力的幼童。

要是能夠抓到成年的精靈，相信一定可以賣個好價錢！

這家人一直以爲家裡的異狀是因爲鬼魂，從沒想過有人能自由出入他們的家。對藏身在暗處的人販子完全沒有防備，把他們迷倒之後再抓走，並不困難。

更妙的是，這家人離群獨居，而且歸期不定，即使失蹤了，短時間內沒有人會去找他們。要是不對他們出手賺這一筆錢，綁匪們都覺得對不住自己了！

於是把屋主一家嚇得神經衰弱後，這些綁匪找到機會便將他們弄暈，並且打包帶走。

那次行動對這些綁匪來說，絕對是一石二鳥的得意傑作。既能夠防止有人發現暗道的存在，又可以大賺一筆。

綁走屋主一家後，這些綁匪不是沒想過鳩佔鵲巢地住進修葺完善的木屋，只是這伙人都很清醒，畢竟終究是地底的據點更具有隱蔽性與安全性。反正賺大錢後，再怎樣豪華的房子不也任他們住嗎？這麼想想，也不在乎這一時的享受了。

他們甚至已經決定再過一段時間便放棄這個基地，不再踏足斯柏林鎮。不管如何，精靈森林那邊終會起疑的，萬一對方派人前來查看，說不定會發現地道的存在。

然而誰知道精靈族還沒派人過來，艾德幾人就因緣際會地住進了木屋。

看到艾德的瞬間，這些歹徒知道發達的日子要來了！

世界上滅絕了的種族的最後一人，有什麼比艾德更加稀有與值錢？

於是這些人重施故伎，利用暗道溜進屋內，並且用迷煙把人迷倒後帶走。

至於木屋裡頻頻出現的鬧鬼現象卻是意外，這次倒不是綁匪故意嚇人。他們在浴室中聽到的哭泣聲，是那些被囚禁在地下的孩子發出的。

聽過埃蒙的解釋，艾德對於自身的處境總算有了認知。同時回想起克莉絲汀臉上的傷痕，這大概便是哭泣聲的由來吧，心裡對那些綁匪更加痛恨。

他們到底殘害了多少兒童，讓這棟木屋多年來一直響起孩子的哭聲？

但艾德想想卻又覺得不對：「也就是說，木屋沒有鬼？可是有些靈異現象根本無法解釋，比如那些小物件突然同時移動，這不是人力可以做到的吧？」

旁聽二人對話的丹尼爾，邊爲兩頭小狼解除束縛嘴巴的鐵鍊，邊說出自己的猜想：「我認爲這也許是木屋抽取地下水時，地下水的流動與木屋的結構產生共振。因爲震動很輕微，再加上屋裡的人同樣身處震動之中，所以沒有明顯感覺。可是屋內的小擺設卻會因爲這種震動而偏移位置，看起來就像有看不見的手移動東西一樣。」

聽了丹尼爾的一番猜想，艾德便想起精靈族除了是出色的弓箭手，同時也是建築大師與藝術家。只怕丹尼爾早已對木屋裡的「鬧鬼事件」有所猜測，只是當時很多事情仍不能確定，這才沒有把想法說出來。

之前艾德花費很大力氣依然無法解開的鐵鍊，丹尼爾輕而易舉便解開了，並且獲得了兩頭小狼感謝的蹭蹭，看得艾德有點羨慕……

兩頭小狼的年紀比克莉絲汀大一些，雖然還無法變成人形，但顯然比精靈女孩能更好地表達自己的意思。他們甚至還記得很清楚自己被抓之後的事情與確切日期，還有最重要的——綁匪的人數！

得知這伙綁匪人數不到十人，與那個俘虜虛張聲勢地告知他們的「數十人」差距頗大。丹尼爾不爽地踢了暈倒在地的人一腳，道：「這傢伙說的話，果然一個字都不能相信！」

雖然敵方人數不算多，然而丹尼爾與埃蒙對望了一眼，皆從對方眼中看到了退意。

地道極爲狹窄，讓丹尼爾擅長的弓箭與埃蒙的敏捷身手難以施展，這裡可說是大大剋制他們能力的地形。

更重要的是，他們得先確保孩子們的安全。

這種情況下實在不宜與敵人接觸，於是他們決定先撤！

艾德從兩人的表情中看出端倪，詢問：「我們要逃了嗎？」

丹尼爾強行挽尊：「這不是『逃』，叫『戰略性撤退』。」

艾德：「……哦。」

看到艾德露出了「好吧你說什麼便是什麼」的敷衍表情，丹尼爾不高興了：「我們這邊算得上是戰力的只有兩個，而且還要保護孩子們，不撤退難道留下來與敵人硬碰硬嗎？」

聽了丹尼爾的話後，艾德也有些不高興：「怎麼只算兩人，雖然只能從旁輔助，可我也可以參與戰鬥呀！」

丹尼爾嘲笑道：「你就算了，戰鬥力甚至沒有一隻鵝高。」

這麼說就很過分了，艾德想說自己好歹能夠打敗一隻鵝的……應該？

兩頭小狼是所有孩子中被關在這間牢房裡最久的，他們甚至知道地道還有其他出入口。從他們這段時間的觀察來看，那個出入口應該比木屋那處離囚牢更近，便建議大家從那裡離開。

這兩個孩子年紀雖小，但意外地成熟可靠，於是眾人決定採納小狼的建議。雖然走回頭路可以與布倫特二人會合，只是這麼一來路程較遠，在地道的時間變多了，也會增加遇上綁匪的風險。

而且……還不知道下來時卡著的那兩人，是不是仍堵在出入口不上不下呢！

要是走了回頭路卻發現同伴還塞在通道上的話，那就尷尬了……

三人把孩子們帶出牢房後，將抓到的俘虜關了進去。丹尼爾還為他鎖上原本用來束縛小狼的鐵鍊，要是這個俘虜是清醒的，大概會感嘆報應來得怎這麼快吧！

一行人離開了牢房，克莉絲汀與小狼雖然同樣是小短腿，可比起行動敏捷的獸族幼崽，她走得太慢了。丹尼爾見狀，二話不說便把女孩抱起，雖然他的表情很不耐煩，抱住孩子的動作卻很溫柔，並且在行走間呈保護姿態，把小女孩及她抱著的幼龍護在懷裡。

克莉絲汀好奇地仰頭盯著丹尼爾，她此刻視線的角度能夠清楚看到對方那張被兜帽遮掩住的臉龐，以及那雙與尋常精靈不同的尖耳朵。

艾德注意到克莉絲汀正明目張膽地盯著丹尼爾的耳朵，擔心丹尼爾會惱羞成怒，對孩子說出不好聽的話語。

畢竟丹尼爾最厭惡的便是自己一半的人類血統，甚至爲了遮掩與純血精靈不同的特徵，經常戴著兜帽。

然而艾德擔心的事並沒有發生，即使丹尼爾既暴躁又毒舌，對孩子卻總是多一分包容與耐心。任克莉絲汀在他的雷點上反覆跑跳，丹尼爾也奇蹟似地沒有發作。

當然，這只限於乖孩子。像戴利那種屁孩，丹尼爾又是另一種態度了。

克莉絲汀似乎感受到了丹尼爾的面惡心善，再加上兩人種族相同，令女孩有種安心感，她充滿信任地窩在丹尼爾懷中，一雙眼眸亮晶晶地看著對方。

丹尼爾這個有著一副壞脾氣的傢伙，竟然在孩子看英雄似的目光下顯得渾身不自在。看著這樣的丹尼爾，艾德突然生出一種欣慰的感覺，隨即又爲自己這種老媽子似的心情而失笑。

雖然只是個懵懵懂懂的幼童，可丹尼爾能夠獲得同族全心全意的信任，對他來說，應該是意義非凡的一件事情吧？

眞是太好了呢！

眾人離開地道的過程非常順利，沒有碰上任何綁匪同伙，也不知道他們只留一人看守牢房，其他人全部離開地道是要幹什麼。

地道的另一個出入口是一片頹牆敗瓦。

這很正常，畢竟斯柏林鎮本就長年失修，反倒是精靈族修葺過的那棟木屋讓人感覺古怪。

所幸連日大雨終於停了，不然四周都是倒塌的建築，連找個遮風擋雨的地方都很困難，艾德與孩子們目前的狀況實在不宜再淋雨了。

因爲丹尼爾抱著克莉絲汀與幼龍，於是打頭陣離開地道的人便成了埃蒙。

埃蒙回到地面後，謹慎地環視四周，沒有發現任何不尋常之處。

只是爲了保險起見，眾人還是保持著安靜，小心翼翼地離開暗道。

整個過程，克莉絲汀都不吵不鬧，還一直保護著昏睡的幼龍。明明她看起來還是個不足五歲的幼童，卻表現得比同齡的人類小孩聰明得多。

艾德想到了精靈族漫長的生長期，這孩子眞實的年紀說不定比他還要大呢……

於是他好奇地詢問丹尼爾：「精靈族生長期漫長，雖然是小孩子，但說不定已經有人類成年人的閱歷了。所以克莉絲汀雖然有孩子的外表，但其實我們可以把她當成年人……至少是青少年來看待？」

丹尼爾嗤笑了聲：「你要把這個小丫頭當青少年？認眞的？」

艾德看了看克莉絲汀的小短腿，假咳了聲，道：「也不是啦……就是有些不明白爲什麼長壽種族的幼年期這麼漫長，可是心智卻仍保持在孩童時期？對我這個人類來說實在有些難以想像。」

在丹尼爾想繼續開嘲諷時，埃蒙也不好意思地說道：「其實我也有同樣疑問，只是不好意思問……」

丹尼爾看著滿滿求知欲的二人，想出了可以讓艾德他們理解的比喻：「對於雪糰這些小鳥來說，幾個月便足以讓牠們擺脫雛鳥的時期。然而人類與獸族數月大的時候仍是幼崽，那是不是代表你們的幼崽也應該有成年人的閱歷與智慧？」

聽到丹尼爾這麼一比喻，兩人明白過來。雖仍覺得很神奇，但至少有些理解長壽種族的狀況了。

對於丹尼爾與埃蒙這些冒險者來說，隨時確定身處的位置已成爲本能。即使在地道中經過多個岔口，從地道回到地面後他們並未失去方向，仍能一口道出木屋所在方位。

不過他們沒有選擇立即返回木屋，決定在這裡等待貝琳二人。

閒著也是閒著，丹尼爾便詢問艾德：「你覺得這裡會不會是那個被拆掉的光明神殿？」

艾德還沒說什麼，埃蒙先訝異說道：「這裡？我還以爲是在木屋那邊呢！」

埃蒙很單純地認爲既然在木屋裡有個地道的出入口，那麼木屋便很有可能是當年的神殿遺址。

然而丹尼爾卻有不同的想法：「要說連接著地道的出入口，這裡不也一樣嗎？何況我們已經把木屋探查了一遍，雖然因爲魔法的遮掩而忽略了暗道的出入口，然而如果木屋的前身是光明神殿，我們沒理由看不出來吧？因此我更偏向木屋是當年變態祭司爲了保險而設立的其他出口，地道裡連接的他處，才是神殿的位置，比如現在我們所處的瓦礫堆。」

丹尼爾的話說得有理。昨天他們已把木屋探查一遍，相反地，小鎮其他地方因爲下雨，他們只走馬看花地簡單看過。比起木屋，這個出口更有可能是神殿遺址。

當年那個變態祭司在斯柏林鎮居住多年都沒有人知道他的眞面目，可見他非常狡猾，確實很有可能在地道中設置多個出入口。

爲了找到神殿遺址，也許接下來他們得把地道所有出入口都排查一遍，想想便覺得累人。

但往好處想，相較於在整個斯柏林鎮翻找瓦礫、漫無目的地找已經好很多了，至少他們已經找到「地道」這個關鍵性的線索，不是嗎？

艾德是光明神殿的人，尋找神殿的人選顯然缺不了他。只是丹尼爾與埃蒙都不放心讓脆皮祭司獨自行動，他們之中勢必得有一人陪同他尋找。

在髒兮兮地翻找瓦礫與照顧這些還算乖巧的孩子之間，丹尼爾選擇了後者。

他的理據也很充分：「尋找蛛絲馬跡難免要翻動瓦礫。埃蒙你的力氣比我大，就由你陪艾德一起去吧。」

埃蒙與艾德對這個安排沒有異議，於是把孩子們安頓好以後，兩人便一起探索四周環境。

只是斯柏林鎮的建築實在太破舊了，加上大都已經倒塌，單從外表實在難以判斷這裡的前身是什麼。

要不是四周沒有充斥暗黑元素，這裡簡直像結界內被魔族侵佔的無人區一樣。

因此埃蒙只得如丹尼爾所預料般，開始翻找髒兮兮的瓦礫。

貓科獸族的爪子意外地適合做這種事，幻化出貓爪後，手上的毛髮可以防止雙手被瓦礫割傷，利爪亦有助挖掘，翻找的速度比想像中快多了。

埃蒙讓艾德站在一旁，以免被尖銳的瓦礫傷到。艾德被綁架後躺了這麼久的地板，又開始發燒了，埃蒙看不得讓病人操勞。

艾德雖不想袖手旁觀，然而他此時病得手腳已沒什麼力氣，也就不去添亂了，聽話地倚在石柱上歇息。

埃蒙的辛勞沒有白費，很快地，他在一處倒塌的天花板瓦礫下有了發現：「艾德，快來看看！」

艾德見埃蒙盯著一個被埋在瓦礫下的長型木塊，走近一看，發現是一張破損的長椅！

一般家庭不會使用這種長椅，能夠同時容納多人的長椅都是在一些公開場合使用——比如集會進行禱告。

他們的運氣很好，這裡很可能便是曾經的神殿主殿遺址。

艾德道：「找找看有沒有石碑。」

根據當年的記載，光明神殿雖然被拆除，但依然保留了主殿讓民眾可以進行禱告。既然如此，他們正在尋找的石碑應該也在附近。

埃蒙繼續在瓦礫中翻找，此時恢復了一些體力的艾德也不再閒著，雖然他搬不動那些大型瓦礫與石塊，卻可以在四周遊走，努力在瓦礫的狹縫中尋找有用的線索。

在路過一處碎石堆時，艾德似有所覺地停下了腳步。他總覺得那塊區域很特別，似乎有什麼在呼喚著他。

艾德蹲下來搬開地上的碎石，埃蒙見狀，連忙上前搭把手，很快便將碎石搬了開來，顯露出他們一直在尋找的、雕刻著祈禱文的石碑。

找到了！

07.

救人

眾人前來斯柏林鎮的目標——神殿裡的祈禱石碑，正埋於被二人翻起的瓦礫之下。然而他們的高興未能持續太久，埃蒙敏銳的獸族直覺立即響起了警號。

雖然四周暫未出現異常，但埃蒙依然相信這種獸族特有、並且在數次出生入死之下被培養得更加強大的直覺，他拉著艾德迅速藏身在倒塌的石柱後。

很快地，外頭傳來馬蹄聲，遠遠能夠看到馬車停在了廢墟外，有幾個男人從馬車中下來了。

全靠埃蒙的敏銳與謹慎，他們才能及時躲藏起來，沒有被對方發現。已成廢墟的斯柏林鎮鮮少有人出入，現在會在這個荒廢小鎮出現的，除了艾德他們以外，最有可能的便是那些做販賣人口生意的綁匪了。

馬車是那種運載貨物的款式，艾德他們對於「貨物」是什麼已有了猜測，不禁心裡一沉。

在團隊中年紀最小，素來都是被大家照顧的埃蒙，在面對危險時卻顯得非常可靠，他小聲說道：「艾德，你折返回去通知丹尼爾情況。」

艾德詢問：「你呢？不回去嗎？」

埃蒙道：「我過去看看，至少要確定對方的人數，以及馬車裡到底有什麼。」

艾德明白埃蒙的意思，既然他們沒有被綁匪發現，大可先迴避，不與對方發生衝突。可要是馬車裡關著其他被抓的孩子，那便不能置之不理了。

點了點頭，艾德便小心翼翼地往回退去。雖然他沒有受過藏匿行蹤的訓練，然而他們與綁匪有著一段距離，加上艾德足夠小心謹慎，最終安全回到了孩子們的藏身之處。

看到只有艾德一人回來，丹尼爾立即察覺到事情不尋常：「埃蒙呢？」

艾德連忙把剛剛出現馬車的事情告知對方，接著說出他們找到了石碑一事。

找到石碑後，他們到斯柏林鎮的目的可說已完成了一半。現在的問題是，他們到底應該先避開那些綁匪，還是把對方擊倒後再完成此行的任務。

雖然還未與布倫特二人會合，可丹尼爾對自己與埃蒙的實力很有信心，再加上有艾德從旁協助，也不是不能與對方一戰。他比較擔心的，是在他們戰鬥時，克莉絲汀他們能否好好保護自己。

丹尼爾告訴孩子綁匪們就在附近，讓他們好好保護自己。雖然這些孩子年紀尚小，但這些日子的經歷讓他們變得很懂事，比同年齡的孩子堅強許多，亦懂得怎樣才能使自己更安全。不待丹尼爾指示他們下一步該怎麼做，這些孩子已自發地躲到石堆之間，小小的身體很好地隱藏了起來。

丹尼爾見狀吁了口氣，覺得這些孩子實在讓人省心。要是他們都是些看不清狀況、不停吵鬧的熊孩子，那丹尼爾就完全不考慮與對方戰鬥了，立即帶他們撤退。

埃蒙沒有讓他們等太久，過了一會便回返。只見少年臉上滿是怒火，即使埃蒙還沒把所見之事告知二人，丹尼爾與艾德由對方表情也已確定馬車內到底有什麼。

只聽埃蒙道：「馬車裡面關著幾個精靈族的孩子！我偷聽到那些人的對話，那個精靈族的內應已經被懷疑了，因此乾脆幹一票大的，從族中一次拐走了幾個幼童，打算大賺一筆後再逃亡。」

說罷，埃蒙又道：「另外，他們有說過來這裡，是因爲地道裡的貨物也該要『出貨』了。」

地道裡的貨物，就是指艾德與那些孩子們。

丹尼爾詢問：「對方人數？」

埃蒙道：「有八人，兩人會進入地道取貨，其他人則留守馬車。」

丹尼爾點頭表示了解，現在擺在他們面前的難題是——救不救人，以及若要救，要怎樣救。

三人互望了一眼，艾德率先表態，道：「我們不能任由那些壞人把馬車裡的孩子帶走。」

埃蒙也附和道：「這次是綁匪孤注一擲的行動，很可能做完這一票後便洗手不幹了。要是讓他們把人帶走，說不定往後再也追蹤不到。」

丹尼爾不是不擔心馬車裡孩子的安危，何況那些是精靈族的孩子，丹尼爾對此更有種責任感。

然而克莉絲汀他們的安危同樣也是他的責任，對方能夠戰鬥的人數更多，而且亡命之徒的身手應該不會太差；他們這邊的話艾德只能作爲支援，還要同時負責保護孩子們。出戰的只有他與埃蒙，實在有些不夠。

丹尼爾對自身的實力有信心沒錯，可是有孩子們在後方，他們可不能打不過便跑，若是展開戰鬥，變數太多了，這令丹尼爾不敢冒險……

看似專注思索著的丹尼爾，突然抽出掛在腰間的短刀，迅速往後劃去！

丹尼爾雖然擅長弓箭，然而近身戰鬥卻不是他的弱點。爲了彌補敵人近身後無法用弓的缺點，丹尼爾曾苦練刀法。雖然使用刀劍的技巧遠及不上布倫特他們，但用來自保是綽綽有餘的。

悄悄接近丹尼爾背後的人同樣反應敏捷地往後退去，明明是倉促之間的閃避動作，行動時竟沒有發出絲毫聲音！

丹尼爾看清來者後便停下了追擊，把刀收回去，他抱著雙臂，滿臉的不贊同。

被丹尼爾盯得很心虛的貝琳訕笑道：「別生氣別生氣，只是開個玩笑而已嘛。」

獸族姊弟剛加入冒險團時，都是沒有經歷過任何訓練的菜鳥。當時布倫特與丹尼爾花了不少心力訓練他們，其中丹尼爾便負責教他們潛行的部分。

不得不說埃蒙是個天生的刺客，經過訓練後，總能完美地完成考驗。相反地，貝琳的行動即使再無聲無息，卻總會被丹尼爾察覺到。

貝琳曾向埃蒙請教，然而埃蒙卻說不出所以。埃蒙的潛行彷彿本能一樣，任貝琳再怎樣努力都達不到他的層次。

明明都是貓科獸人啊，在潛行方面都是得天獨厚，然而天賦這種東西有時候眞的氣死人。

丹尼爾告知貝琳，目前已是她的極限，並且停止了相關的訓練，認爲她學會的潛行技巧在戰鬥中使用已綽綽有餘。

貝琳心裡卻非常不服氣，卯足了勁兒一定要讓丹尼爾認同自己的能力。

於是貝琳找到機會便總想嚇丹尼爾一跳，這次也是一樣。然而看到丹尼爾等人如臨大敵的模樣，她立即察覺到現在不是玩鬧的時機，迅速進入警戒狀態，詢問丹尼爾：「現在是什麼狀況？」

尾隨貝琳的布倫特也一改看見艾德安然無恙時的輕鬆神情，凝重地望著丹尼爾。沉穩的他只是站在這裡，便能給予隊員滿滿的安心感。

丹尼爾把馬車的到來告知了二人，同時也將決定權交給布倫特。每次須要進行重要決策時，大家都會不自覺地依賴起布倫特這個隊長。而布倫特也從來沒有辜負眾人的信任，總能做出正確的決定，非常可靠。

布倫特道：「我要與那些孩子們見過面才能下決定。」

布倫特的想法與丹尼爾一樣，他當然很想救人，然而卻不會因此失去理智。同伴們的安危對布倫特來說，永遠擺放在最優先的位置。

因此布倫特提出要先見見克莉絲汀他們，至少那些孩子在危難中得不會慌亂哭鬧，這樣他們才能擁有救人的餘裕。可別爲了救人，反讓這些已經被救出來的孩子陷入險境。

所幸克莉絲汀幾人都很懂事，布倫特評估了孩子們的狀況後，決定對馬車裡的孩子進行救援。

在布倫特的指揮下，眾人各具任務。這次的救援行動並不容易，那些刀口上舔血的亡命之徒絕不會對小孩子有絲毫憐憫之心，只要讓對方察覺到他們的行動，便很有可能會以馬車裡孩子的性命作爲要脅！

因此他們的營救一定要迅速，絕不能讓對方有機會抓孩子當人質。

眾人進行部署之際，八個綁匪中已有兩個進入暗道。不得不說冒險者們很幸運，要是這些人早一些進去，說不定就會與布倫特他們碰個正著了。

要對付的人少了兩個，在這兩人走到牢房並察覺到不妥以前，他們必須救出馬車裡的孩子。

布倫特把依舊昏睡的雪糰交給艾德，並讓艾德待在克莉絲汀幾人身邊，負責保護他們的安全。眾人還分配了一個望遠鏡給他，艾德藉此可以清楚看見戰場上的情況，必要時在遠處做出支援。

至於冒險者們，則往馬車方向而去。

拿著望遠鏡的艾德，清楚看到有兩個綁匪站在馬匹旁閒聊，還有一個走到了較遠處，蹲在地上抽著菸草。艾德記得埃蒙說過對方有八人，也就是說，還有三個在馬車裡。

閒聊的兩人中，鉑金色長髮的青年有著一雙尖長耳朵，顯然便是那個精靈族的內鬼。

精靈族有著得天獨厚的美麗外貌，這名青年也是個英俊的美男子，而且他的氣質溫和，笑容爽朗。與長得凶巴巴的丹尼爾不同，這個精靈是那種親和力滿滿的鄰家大男孩，怎麼看都不像是會綁走孩童的人渣。

不過仔細想想也不足爲奇，正因爲這人的外貌如此具有迷惑性，才能獲得孩子們的信任，輕而易舉地把他們帶走吧？

隨即艾德又把目光投放到丹尼爾那邊，只見丹尼爾正盯著那個精靈看，而且表情非常難看。這令艾德忍不住好奇起兩人的關係，看丹尼爾露出的厭惡模樣，似乎並不純粹僅因爲對方是個綁匪，難道他們之前早已有過節？

丹尼爾很少談及自己在精靈森林中的生活，艾德對於這二人之間有什麼恩怨情仇很是好奇。不過現在不是八卦的時候，艾德躲在大石後面，繼續觀察同伴們的行動，準備隨時提供支援。

然後他發現，即使一直盯著他們看，最後還是看丟了……

在一片廢棄石堆中，他失去了同伴的蹤影！

這些傢伙的潛行能力實在太厲害了！

連自家後援都跟不上的那種厲害！

他明明雙眼眨也不眨地盯著他們看，怎麼就跟丟了呢？

弄丟了要保護的目標，便不能隨時爲隊友補血了，這對於祭司來說是很嚴重的過失。艾德在心裡暗下決定，往後一定要把這列入訓練項目裡！

潛行中率先停下腳步的人是丹尼爾，精靈修長的長腿輕鬆一躍，毫不費力地攀到一棵枝葉茂盛的樹上，沉默地拉開弓，鎖定其中一人，就等適合的時機出手。

布倫特在馬車附近也停下腳步，雖然他潛行技巧不錯，然而健壯的身材與不算優越的敏捷度令他無法毫無聲息地進入馬車，只得在附近伺機而動。

獸族姊弟是唯二直接衝向馬車而去的，他們行動前已直接變成了猞猁與獰貓，隱身在長長的雜草瓦礫裡前進。大貓身上的顏色與斑紋成爲很好的掩護，讓他們完全融入了四周環境，悄無聲息地接近馬車。

兩頭大貓避開了站在車頭位置的綁匪，從後車廂處接近，隨後變回了人形。

貝琳伸出手，輕輕碰了碰車廂後方用來上下貨物的木門。

隨著貝琳試探的動作，木門悄然移動半分。

兩人對望了一眼：馬車的門沒有鎖！

在木門的狹縫中，他們看到三個精靈族的孩子手腳被綁，嘴巴也被塞著，只能驚恐地默默流淚。

三個綁匪正坐在馬車裡聚賭。他們玩得不亦樂乎，完全沒察覺到門外的動靜。

貝琳把車門打開，正在賭博的綁匪聽到開門聲，還以爲是同伴，毫不在意，兩人只顧著賭，唯有一個漫不經心地往車門看去。

貝琳迅速出手，手中彎刀割向那人的脖子，瞬間收割了一條生命。

另外兩個見狀大驚，然而他們才剛摸上武器，其中一人便被緊接著摸上馬車的埃蒙乾脆俐落地抹殺，血濺一地！

獸族姊弟在數秒間便殺了兩人，餘下的綁匪嚇得魂飛魄散，再也沒有鬥志，張嘴便要向馬車外的同伴呼救。埃蒙卻甩出手中匕首，精準地刺穿了他的喉嚨，至此，馬車裡的綁匪全滅！

爲免對方獲得挾持人質的機會，獸族姊弟的出手毫不留情，每招都是殺著，也顧不得這樣做會不會嚇到孩子。

此時他們無比慶幸綁匪把孩子們的嘴巴都塞住了，不然看到這麼可怕的殺人場面，只怕會忍不住嚇得尖叫，立即引起注意力。

孩子只有三人，而且年紀都不大，即使爲他們解開束縛的繩子，他們的小短腿也跑不遠。因此貝琳與埃蒙乾脆不花時間爲他們解繩，直接抱起便跑！

此時車裡的聲響與血腥味已讓閒聊的綁匪產生疑惑，他們邊高聲呼喊馬車裡同伴的名字，邊拔出長劍想上車查看。

「嗖嗖」兩聲傳來，是丹尼爾接連射出的兩箭！

隨著一聲慘叫，一人隨之倒下，然而接下來的第二箭卻因對方及時閃避，原本瞄準心臟的箭矢只射中了肩膀。

這個受傷的綁匪正是那個精靈族的內鬼，眼見形勢不對，立即轉身想要逃跑。

還不待丹尼爾射出第三箭，另一頭的布倫特早已解決那個抽菸的綁匪。只見他順利攔阻了精靈內鬼，把長劍架在對方脖子上。

此時布倫特渾身殺氣，再也不見平常那副老好人的模樣。搭配他健壯的體魄，看起來非常有壓迫性。

精靈內鬼連忙舉起雙手示意投降，在眾人鬆了口氣、以爲戰鬥已經結束時，對方腳下土地卻突然冒出眾多黑色藤蔓，這些藤蔓迅速把他保護在內，並且擋開丹尼爾射出的箭矢，以及布倫特的長劍攻擊！

不只如此，急速生長的黑色藤蔓還帶有腐蝕性，它順著長劍纏上布倫特，要不是布倫特顧忌龍焰會在野草中引起無法撲滅的大火，他早忍不住一把火將這些藤蔓燒燬了。

幸好龍族抗性高，那些藤蔓無法對布倫特造成真正的傷害，然而他身上的衣服有好幾處地方已被侵蝕出了坑坑洞洞，看起來狼狽得很。

「奧布里，這是什麼鬼!?」奧布里，這個被丹尼爾惡狠狠喊出來的名字，正屬於那個放出奇異藤蔓的精靈。

看著眼前這些如同毒蛇般張牙舞爪、泛著暗黑死氣的黑色藤蔓，丹尼爾覺得非常傷眼睛，絕不承認這是精靈族的天賦技能！

弓箭無法破開藤蔓的防護，丹尼爾乾脆躍回地面，同樣放出藤蔓迎敵。

一樣是受自然之力眷顧的精靈族，丹尼爾與奧布里的藤蔓外型非常相似，但前者的藤蔓卻是充滿生命力的翠綠色，後者則泛著不祥的黑色死氣。

有了丹尼爾的幫助，布倫特總算躲過黑色藤蔓的糾纏，抽出空來還擊。

布倫特毫不客氣地連連揮劍，把前一秒還萬分囂張的黑色藤蔓斬斷了不少。丹尼爾則控制著藤蔓，想把奧布里從黑色藤蔓的保護圈中拉扯出來！

然而雙方藤蔓糾纏不久，丹尼爾便察覺到了不對勁。他的藤蔓雖然沒有被侵蝕，卻像是染上了病毒，從觸碰到敵人的位置開始泛起了黑色，並且逐漸不受他的控制！

就在丹尼爾吃力地與奧布里爭奪藤蔓的控制權時，一道耀眼聖光籠罩住他們，丹尼爾頓時重新感受到對藤蔓如臂使指的感覺。

相反地，奧布里卻發出了痛苦的慘叫，黑色藤蔓更在聖光的照耀下開始枯萎，露出了原本被保護在其中、面露痛苦的精靈。

丹尼爾沒有放過這大好機會，在聖光的照耀下伸出綠藤將奧布里拉扯出來，並且將他狠狠摔到地上！

丹尼爾這一摔又快又狠，奧布里直接昏了過去。隨著操控之人失去意識，黑色藤蔓也隨之消失。要不是現場殘留的一片狼藉，眾人幾乎以為剛剛那群魔亂舞似的藤蔓是他們的幻覺了。

雖然最難纏的敵人已被打倒，然而冒險者們並未露出高興的神情。因為他們都察覺到一個事實——那些黑色藤蔓畏懼聖光……這很可能是已經魔化的植物！

能夠驅使死氣的只有魔族，如果用自身魔力形成的藤蔓也顯現出死氣，那麼奧布里這人現在到底是魔族，還是精靈？

從剛剛短暫的接觸中，奧布里顯然還保有自身的理智，倒不像那些被死氣侵蝕後只知殺戮的魔物。可冒險者們還是不敢掉以輕心，丹尼爾上前用藤蔓把昏迷的奧布里束綁起來，然後又狠狠往他腦袋再補一拳，確保對方短時間內不會醒來。

一旁布倫特見狀，不禁在心裡為奧布里點了根蠟燭，心想這傢伙即使醒過來，只怕也會因為腦震盪而無法集中精神召喚藤蔓吧？

顯然丹尼爾非常厭惡這名同族，下手特別狠，還故意往對方那張俊臉下手。不過想到奧布里的異狀，布倫特並不認為丹尼爾的作法有什麼不妥。

隨即布倫特看向艾德，想過去詢問艾德有關黑色藤蔓的事，卻在看到艾德身後的人影時神色大變：「艾德，小心身後！」

08.
白色使者

一直關注著同伴戰況的艾德，立即察覺到布倫特的呼喊，他反應很快，耀眼的金光從他體內迅速往外延伸，變成一個護住了他與孩子們的聖光盾。

清脆的撞擊聲傳來，要不是艾德反應及時，只怕被聖光盾擋住的利刃已經刺到他身上了！

確保安全後，艾德這才回頭查看，一看不得了，原本應該身處地道的兩個綁匪不知何時已在他們身後。

艾德使出聖光盾之際，其中一人正揮劍刺向他，另一人則伸手抓向孩子們，成功挾持了克莉絲汀。

幸好克莉絲汀被抓住時，立即把幼龍丟了出去，讓幼龍處於聖光盾的保護中，不然便有兩個孩子在對方手上了。

當時艾德的注意力在戰場上的同伴身上，全神貫注地準備隨時支援布倫特幾人，結果便忽略了自己背後，讓從地道折返回來的綁匪有機可乘。

只是這也怪不得艾德，畢竟對方走到地牢需要一定的時間，誰會想到他們這麼快便回來？

何況這兩人經驗老道，就連身處克莉絲汀身旁、感官比人類敏銳得多的兩頭小狼也毫無所覺。要不是布倫特及時警告且艾德反應夠快，還沒弄清楚便先使出一個聖光盾護住大家，說不定其他孩子也會成爲人質。

除了抱著剛救出的精靈族幼兒的獸族姊弟騰不出手，布倫特與丹尼爾都飛快趕了過來。然而綁匪已一手勒住克莉絲汀的脖子，讓所有人不敢輕舉妄動。

兩個綁匪都是獸族，他們體格健壯，即使只用單手，稍微用力就能瞬間奪去克莉絲汀的性命！

「全部人放下武器退後！讓我們離開！」綁匪高喊，並且示威地晃了晃被他抓住的克莉絲汀。

克莉絲汀被突如其來的變故嚇得整個人呆住了，眼中盈滿淚水卻沒有哭出來，看起來可憐得很。

擔心對方眞的會下毒手，冒險者們不敢太過接近，以免刺激到他們。除了本就站在綁匪身前的艾德，丹尼爾與布倫特便停在不遠處，不過對於要他們放下武器的要求，卻沒有絲毫退讓。

要是讓綁匪帶著克莉絲汀成功逃跑，克莉絲汀的安危同樣沒有保障。加上這裡還有其他須要保護的孩子，若放下武器，難保對方不會向其他孩子出手。

見冒險者沒有照辦，綁匪拿二人也沒奈何，畢竟他們手中的王牌只有克莉絲汀，總不能眞的把她弄死。他們相信只要人質一嚥氣，等待他們的同樣是死亡結局。

雙方皆有所顧忌，一時之間僵持不下。綁匪知道時間拖得愈長，對他們只會愈不利，就在勒著女孩的人打算折斷她一條手臂給冒險者施壓之際，耳邊突然聽到了破空之聲，隨即感到脖子傳來一陣劇痛。他想伸手摸向脖子，但手還沒完全抬起便已無力垂下，整個人軟倒在地，完全失去了氣息。

另一個綁匪震驚地看見同伴的脖子被從後射來的箭貫穿，他心裡閃過「怎麼可能！那個精靈根本沒有動手！」想法的同時，也試圖拉起嚇呆的克莉絲汀充當人質保命。然而丹尼爾沒有放過這個制伏對方的機會，藤蔓再次破土而出，迅速綁束起對方的手腳。

艾德連忙上前，把已重獲自由，卻依然嚇得動也不敢動的克莉絲汀抱走。

直至艾德把她抱離之後，克莉絲汀這才像回復了生氣般「哇」的一聲哭了起來。

艾德輕拍精靈女孩的背，小聲哄著對方。他想起一開始在牢房裡看到克莉絲汀時，這孩子也是恐懼得大氣不敢出一聲，連哭泣都充滿了壓抑。

眞正感到安全後，克莉絲汀才敢把心裡的恐懼宣洩出來。見孩子被嚇得不輕，艾德無比心疼，對於這些向小孩子出手的綁匪更加痛恨。

被藤蔓束綁著的綁匪知道要逃已是不可能，接下來迎接他的只有審訊與嚴苛的刑罰。

他放棄了掙扎，卻很想知道到底是誰躲在暗處偷襲，在緊要關頭破壞了自己好事。他怒不可遏地衝著空無一人的地方呼喝：「是哪隻老鼠躲在暗處暗箭傷人!?」

丹尼爾收緊藤蔓，勒得歹徒翻起白眼快斷氣了，才稍微放鬆，嘲諷道：「有時間在這裡大呼小叫，不如擔心一下自己將要面臨的刑罰吧。」

看到丹尼爾的舉動，艾德挑了挑眉，心想丹尼爾似乎在維護那個幫了他們的神祕人？

隨即艾德又發現那枝刺穿歹徒脖子的箭矢，與丹尼爾使用的箭矢款式非常接近，不由得對這位在暗處幫助他們的人的身分有了幾分猜測。

也許……是精靈族那邊發現孩子不見，過來找人了？

而且看丹尼爾護短的模樣，這還是丹尼爾認識的人，是他的朋友？

下一秒，丹尼爾的話印證了艾德的猜測。只見他朝空無一人之處說道：「還有你，到底想要躲到何時呢？是你吧？諾亞。」

隨著丹尼爾的話，空氣中突現出現一個白色的輪廓，簡直就像一道鬼影，把怕鬼的艾德嚇了一跳！

然而模糊的白影很快便浮現出淡淡銀光，隨即虛幻凝實了下來，展現出他眞實的樣貌。

那是一個一身雪白、美得不似眞人的精靈少年！

艾德自認見過的俊男美女著實不少，就以丹尼爾來說，雖然脾氣不好、舉止不夠優雅，但誰也不能否認他絕對遺傳了精靈族應有的好相貌。

不過丹尼爾的美貌，卻比不上眼前這個彷彿由白雪幻化而成的少年。看到這名少年時，艾德頓覺腦海瞬間空白，總算知道什麼叫作「奪人心魄的美麗」了！

少年有著一頭顏色比丹尼爾略淺的銀白髮絲，皮膚白皙，穿著一身白色、繡著精緻花紋的精靈族衣裳。一雙藍眼睛也泛著淡淡的銀色色調，就像結冰的湖水在晨曦陽光下一般，波光瀲灩。

連那長長的眼睫毛都是銀白色的，在那雙清泉似的藍眼睛上眨動，如同兩排小小的羽毛扇子，漂亮極了。

感受到眾人的注視，少年彷彿受驚的兔子般渾身上下浮現一陣銀光，身影再次變得虛幻。

丹尼爾卻不讓對方這麼輕易逃跑，他惡狠狠地威脅：「諾亞，你不許消失！『白色使者』離族不是小事，你什麼也不打算對我們交代嗎？而且你要丟下這些孩子逃跑？」

此時克莉絲汀成了丹尼爾的神助攻，奶聲奶氣地邊喊著「是使者大人！」，邊邁著小短腿往正在「消失」的諾亞跑去，並一把抱住了銀髮少年的大腿。

那些被獸族姊弟從馬車救出來的精靈族孩子，此時已解掉了手腳的束縛，見狀也歡快地向諾亞跑，並有樣學樣地抱住了他的雙腿。

也許知道自己跑不掉了，名爲諾亞的少年身體不再虛化，再次變成清晰可見的實體。

丹尼爾看見諾亞在孩子們的包圍下整個人僵住了，一動也不敢動的模樣，哼笑道：「你的社交恐懼症還沒治好嗎？我們這裡有個祭司，要不讓他給你治治？」

身爲被丹尼爾點名的祭司，艾德卻沒有搭話，只是像遇到珍稀生物般盯著諾亞直看。

原來這位便是大名鼎鼎的「白色使者」！

活的！

想不到我竟然有幸與使者大人見面！

而且白色使者看起來，年紀比埃蒙還要小一些？

不過艾德很快便想到長壽種族擁有漫長的生命，說不定以獸族的年紀計算起來，這位使者大人至少是曾爺爺的級別了。

雖然精靈族的白色使者不輕易出森林，但這不影響他在各個種族中是家喻戶曉的存在。

傳說精靈族的白色使者善於觀察星象，在世間動盪時便會出現。

白色使者並不是單指一個人，而是精靈族裡一個特殊的職位。每一任白色使者都穿著一身代表避免戰鬥與殺戮的純白服飾，並且努力把世界引導至更好的方向。

他們爲世界萬物迴避血腥，予以種族間公平的見證，這是白色使者所代表的眞正意義。

白色使者的出現總能帶來希望，並致力於將世局扳回正軌。他們幫助的種族不限於精靈，正因爲這種無私的善意，令白色使者在各族之間都有著崇高的地位。

艾德自然聽過白色使者的大名，想不到對方竟是這麼一個纖弱的美少年，而且聽丹尼爾與他的對話，他似乎……有些社恐？

因爲害怕與別人相處，所以才一直隱身嗎？

這種隱身也是白色使者的能力之一？

想到諾亞那忽隱忽現的白色身影，艾德突然覺得有些眼熟……

「等等！你就是那個在木屋出現的白色鬼影!?」艾德驚呼。

聽到艾德的話，貝琳等人仔細回憶起白影出現時的模樣，竟然與諾亞隱身時的狀態完全契合……

埃蒙也驚呼道：「所以在地道時，是你爲我們指示正確的道路嗎？」

貝琳也詢問：「在木屋裡裝鬼嚇人的眞的是你？」

布倫特沒有說話，可他看著諾亞的模樣卻帶著些許不贊同。

畢竟有人這麼神不知、鬼不覺地尾隨了自己那麼久，任誰心裡都會感到不舒服的。而且雖然諾亞在最後時刻出手相助，但在艾德被帶走、克莉絲汀被挾持的時候，爲什麼不出手呢？

只見有社恐的諾亞在眾人的注視下，明顯變得非常不自在，一副想要隱身遁走卻又強忍著不逃的模樣，小聲辯解：「沒有鬼……白影是我……只是我沒有一直跟著你們……」

丹尼爾指了指那些被他們救出的精靈族小孩，詢問：「你是因爲調查這些小鬼的失蹤，所以才追了過來？」

諾亞搖搖頭，道：「不是……我是因爲星象的指引而前來斯柏林鎮，並不是因爲這些孩子。我也是在來到這裡以後，才知道奧布里與精靈族的眾多失蹤案有關……」

眾人聽了後都一臉黑線，心想那棟木屋的屋主都不知道失蹤多久了，這位白色使者感覺有些不靠譜啊！

「對世界產生的影響越大，星象便越清晰，反之亦然。」看出眾人心裡的吐槽，諾亞解釋：「奧布里做的事情多了，才會在星象發現端倪。」

也就是說，木屋那一家人的安危，以及克莉絲汀等孩子的失蹤，對於世界的影響微乎其微。因此諾亞即使有心追尋，也難以從星象中找到線索。

艾德聽到這裡，突然想到了一件事——白色使者既然能從星象中預知災難的來臨，那麼當年魔族出現的時候，白色使者有嘗試阻止嗎？

雖然艾德對眼前這位白色使者沒有印象，理應不認識對方，只是他現在擁有的記憶並不完整，說不定在他失去的記憶中，就有諾亞的身影。

艾德很想詢問諾亞，他總覺得對方作爲精靈族與外界聯繫最多的白色使者，應該對人類當年的事情有所了解，很有可能還曾參與其中。

可如果諾亞當年因爲魔族的出現而與人類有過聯繫，絕不可能不認識艾德這位人類帝國唯二的皇室成員。

因爲內心有所疑慮，艾德沒有直接詢問對方，畢竟從見面開始，諾亞都表現出一副不認識他的模樣。也許雙方過往眞的沒有交集，但艾德更傾向相信彼此是認識的這個直覺。他不知道諾亞爲何要裝陌生人，然而他信任「白色使者」，諾亞這種表現一定有自己的道理，因此他也合作地僞裝成不認識對方——雖然他實際上也確實對眼前這位大人物沒有絲毫印象。

諾亞的出現很好地緩和了孩子們驚恐的情緒，他們受到不少驚嚇，現在只有跟在諾亞的身邊才能獲得安全感。即使哄得他們放開了抱住諾亞雙腿的手，孩子們卻像小雞跟著雞媽媽似地，亦步亦趨地緊跟諾亞身後。

諾亞雖然有些怕生，但也不至於完全無法與別人接觸。而且他還是很有責任感的，既然已經現身，那麼他便忍著與別人交流的不適，與冒險者們交換了情報。

遇上艾德他們，對諾亞來說是意料之外的事。他只是跟從星象的指示來到斯柏林鎮，一開始時甚至不清楚爲什麼要指引他來到這裡。

後來碰到冒險者一行人，諾亞因爲社恐而沒有現身與他們見面，只暗地裡查看了下，發現艾德等人沒有問題便離開。

諾亞尊重別人的隱私，雖然有著能夠隱身的特殊天賦卻絕不濫用。就只是……害艾德幾人以爲木屋有鬼而已。

之後諾亞便在小鎮蹓躂，後來雨下得太大了，他便找了處地方避雨，打算等雨停了再說。結果在休息期間，卻看到有人從地道裡出來。

諾亞好奇之下進入地道查看，發現了那些被囚禁的孩子。同時丹尼爾等人也來到地道救人，於是又有了埃蒙在地道裡見鬼的一幕。

聽過諾亞的解釋後，眾人：「……」

果然我們每次遇到的鬼魂，全都是你呢！

而諾亞也從冒險者口中了解到這些綁匪做的壞事。明白了大致狀況後，諾亞便向布倫特提出請求：「你們可以護送我們到精靈森林嗎？這些罪犯得押送到精靈森林受審，沿途也須要好好保護這些孩子們。」

原本眾人的計畫是直接來到斯柏林鎮，完成任務後立即離開，並不打算進入精靈森林。

主要是大家看出丹尼爾雖然厭惡人類，可對於精靈族也同樣抗拒。即使斯柏林鎮鄰近精靈森林，丹尼爾依然完全沒有回家看看的打算，因此一行人更是識趣地沒有提起。

然而現在出了這種事情，大家都不放心諾亞獨自帶著一群孩子並押送綁匪，便決定與他們走一趟。

不過在此之前，他們得先完成這次來到斯柏林鎮的目的。

這段時間歷經了生病、見鬼、被綁架、連場戰鬥，以及看到傳說中的白色使者的艾德：「……」

老實說，發生了這麼多事情以後，艾德幾乎都快忘記他們到斯柏林鎮是要找在這裡的光明神殿、恢復自己的記憶了！

心好累。

不過也是因爲他被綁架了，眾人才發現暗道的存在。大家離開時順著暗道往其他出口走，才能輕易找到過往神殿的位置，也算是因禍得福吧？

布倫特把他們此行的目的告訴了諾亞後，諾亞也很識趣，沒有要求一起過去觀看艾德的記憶，善解人意地提出：「那請你們幫忙把孩子帶到馬車上，我們在那裡稍作休息。」

孩子們都很累了，加上這段時間受到了不少驚嚇，放鬆下來後便有了睡意。把他們安置到馬車上，孩子們很快睡成了一團，非常可愛。

至於那些倖存的綁匪，因爲要留著他們的性命，好追查那些被他們賣掉的人的下落，因此艾德爲他們簡單地處理了傷口——但也只是稍微止血、不會危及生命的程度。

隨即眾人便把他們塞到馬車的角落，兩個成年男人渾身是傷地縮在邊邊，看起來實在淒慘得很，然而誰也不會同情他們。

安頓好一切後，諾亞向眾人揮了揮手，直接在馬車裡消失了……

眾人：「……」

好吧！至少知道他會留在車廂裡照顧孩子，現不現身也沒差，他喜歡就好。

之前艾德與埃蒙已把被埋住的石碑從碎石堆裡清了出來，憑著記憶折返回去，輕易便找到了完好無缺的石碑。

無論是之前在封印之地的那塊，還是眼前這個石碑，似乎都被神祕的力量保護著。即使時間久遠，四周的建築已因此倒塌，可唯有這石碑依然屹立不倒。

艾德把代表著光明神的八芒星項鍊掛在石碑上，進行了簡單的禱告後，便把劃傷的手按到石碑上，在上面留下自己的血跡。

隨著艾德的動作，石碑光芒大盛，很快地，光芒便把眾人吞噬。

09.

丹尼爾的過往

光芒乍現又消失，艾德發現自己此時已身處於一頂帳篷中。這裡應該是戰場中設立的緊急救治點。四周一片狼藉，到處都是鮮血與哀號。

這裡的傷者都是士兵，他們身上的傷口有的像被強酸腐蝕，有的像被巨形野獸撕咬過留下的。

然而無論是怎樣的傷勢，無一例外地都充斥著濃烈的暗黑死氣。這讓祭司們在治療傷口前，都要先用聖光消除他們身上的死氣，以免這些士兵被魔化，這大大降低了救治傷者的效率。

眨眼間便陷入回憶的艾德表現得非常淡定，他已經很習慣這種觸摸石碑後便換了一處地方的情況了。有時候他會直接以「小艾德」的視角在幻象中行動，有時候則是以第三者的角度進入幻象，這一次顯然是第二種情況。

不過據艾德了解，冒險者們每次陷入幻象時，都是以旁觀者的身分活動。

這讓艾德暗暗鬆了口氣，畢竟以第一視角進入幻象時，艾德總能感應到記憶中自己的情緒，非常容易共情。要是別人也能這麼深入地感受到自己的情緒，即使感覺到的只是過去自己的想法，艾德也有種莫名的羞恥感。

不過，這大概是因爲體驗的記憶源自於自己，因此才與幻象中的「自己」的融合度特別高吧？

艾德離開了帳篷，外面是一些正在打掃戰場的士兵。感受著四周還未完全被祭司驅散的暗黑元素，艾德再次證實了心裡對敵方身分的猜測。是魔族。

走著走著，艾德彷彿心裡有所感應，進入了其中一頂充滿熟悉感的帳篷，接著便看到過去的自己正了無生氣地躺在裡頭，以及正手握權杖向他施展治癒術的大祭司。

這次在幻境中的少年艾德，與現在的艾德年紀已非常接近。說不定幻象中的時空，離人類滅亡已經不遠。

艾德不是第一次在幻象中看見過去的自己，因爲從小病弱，每次回憶中的自己都是病懨懨的，從來沒有健康的時候。

可這次看見的少年艾德，卻是他目前記憶中最爲虛弱的一次……不！看著面無血色、渾身死氣的幻象中的自己……這根本就已經是個死人了吧？

然而下一秒少年艾德睜開了雙目，反駁了艾德這個「自己已經死了」的不可思議的想法。

艾德壓下心裡的疑惑，繼續觀看這段他失去了的記憶。

在大祭司的救治下，艾德雖然還是一副隨時都會斷氣的模樣，卻已能虛弱地坐了起來，顯然沒有眞正死去。

大祭司生氣地責罵：「艾德，我不是叫你去休息了嗎，你竟然不聽命令，還偷偷繼續救治傷患，結果把自己勞累得倒下了！你知不知道你剛才的狀況很危險，你把其他的祭司都要嚇哭了！」

艾德才剛醒過來，便被大祭司怒氣沖沖的模樣嚇到。

在艾德記憶中，老師即使遇上天大的事情也是淡定無比，可說是教廷中最穩重的人了。艾德從沒見過大祭司失態，這還是他第一次看到對方這麼氣急敗壞的模樣。

被大祭司責罵了一頓，艾德完全不敢反駁，只得一臉乖巧地道歉。

然而他卻在心裡默默反駁大祭司的話，想著當時有這麼多傷患急須救治，自己又怎能丟下他們去休息呢？

雖然艾德沒有反駁，道歉的態度也很誠懇，但看著艾德成長、親自教導他成爲出色祭司的大祭司，一眼就看出艾德掩飾得很好的不以爲然。

這讓大祭司更生氣了，可是在怒氣之下，更多的是擔心與心疼。他語重心長地說道：「艾德，我們身爲祭司，以侍奉光明神、保護與拯救生命爲己任——包括自己的。祭司的能力可以幫助很多人沒錯，然而永遠把自己的安危放在優先位置，這同樣也是對生命的尊重，你明白嗎？」

艾德忍不住申辯：「可是老師，你明明知道我有能力救更多的人，即使我出了什麼事情……」

大祭司聞言露出了難過的神情，讓艾德沒有把話說完。

按住艾德的肩膀，大祭司道：「你體質特殊，這讓你總是輕忽了自身的傷痛，我眞的很擔心你會一直勉強自己。」

說罷，大祭司嘆了口氣：「我只想你答應一件事情——將來你的能力怎樣運用，也是因爲你自己想這麼做，不要因爲別人的請求而勉強自己。艾德，如果那個人明知會對你造成傷害，卻依然想讓你爲他治療，你便要再好好地去想想是否值得了。」

大祭司的擔心不無道理，不只艾德，每一個祭司都需要清楚明白自己的極限，並在治病救人時做出取捨。有時候事實就是很殘酷，畢竟傷患是救不完的，可祭司的魔力卻有限。

很多時候做了停止治療的選擇，往往要面臨的便是傷患親友的指責，甚至道德綁架。

他作爲大祭司，對此更是深有體會。每一個繼承大祭司職位的人，都會習得一種在祭司能力中最爲強大、同時也是世上眾多人夢寐以求的法術——復活術。

然而復活卻不是沒有代價的，使用這個法術得要承擔很大的風險。最危險的便是在施法過程中若被打斷，那麼不僅死者無法復活，施法者也會立即斃命。

另外，復活需要強大的魔力，即使在權杖的幫助下能夠吸納無盡的光明元素，可是這對於施法者來說，卻會造成無法彌補的傷害。

也就是說，像艾德這種體質，若使用復活術，便得要有一命換一命的覺悟。

大祭司是非常看好艾德的，一直把他視作繼承人來培養。這孩子除了身體差了些，無論信仰還是心性，都很適合繼承他的衣缽。只是艾德把責任看得太重，又把自己看得太輕了。

也許因爲過往多次病危的經歷，讓艾德習慣了與死亡爲伍，並且對此沒了應有的敬畏。

幸好艾德很重感情，與安德烈的關係亦非常好。安德烈可說是艾德在這個世界的錨點，這孩子無論怎樣亂來，只要想到不能拋下自家皇兄，大概也會多護著自己一點吧？

艾德也知道大祭司是好意，這次是他過於高估自己的能力，結果在爲傷患治療時失去了意識，這大概眞的嚇到老師了吧？

艾德不怕任何命令與壓迫，但對於別人發自內心的關懷卻往往無法拒絕，於是他點了點頭，道：「我明白了，老師，我答應你，以後我爲病人治療時，會量力而爲的。」

這次幻境很短暫，相較於從之前的幻象所獲得的訊息量，這一次獲得的資訊非常少。

但對恢復了相關記憶的艾德來說，卻受到很大的震撼。

因爲艾德同時記起了幻象中沒有呈現出來的部分——這場與魔族的戰鬥過後，有一名大人物前來拜訪了大祭司。

那人披著一身雪白的斗篷而來，當他掀起兜帽，露出那頭銀白髮絲及尖長的耳朵時，天地的一切彷彿在他的美貌下黯然失色。

是年幼版的白色使者，諾亞！

艾德的直覺果然沒錯，他的確與諾亞曾有一面之緣！

想來在魔族愈發頻繁地出現後，白色使者果然也察覺到了不妥，便前來與人類進行交流。

甚至諾亞說不定還從星象中察覺到一些有用的情報，特意來告知大祭司這位與魔族戰鬥的主力。

那麼問題來了。

爲什麼諾亞要故意與自己裝作不認識？

艾德心裡產生了強烈的不安，他的腦海中閃過各種不好的猜想，只希望是自己多想了。

布倫特察覺到艾德的心不在焉，以爲他因爲在幻境中看到熟悉的人而難過，便上前拍了拍他，微笑道：「艾德，你的老師眞是非常關心與看重你呢！」

即使只是在幻象中看到這對師徒短暫的相處，可布倫特還是能夠從大祭司的諄諄善誘中，感受到對方對艾德的愛護。

艾德一向很好哄，布倫特這番話果然令他迅速高興了起來。只要談及他重要的人，艾德那雙紫藍眼瞳彷彿承載著光，他用力點了點頭：「嗯！老師眞的超好的！」

✦✧✦

脫離幻境後，石碑一如以往般發出一道耀眼的光芒，並再次爲眾人指引了前進的方向。

眾人打開地圖，從這道光線的方向推測，接下來的石碑位於龍族領地。

龍族與精靈族一樣，都不擅長建設城鎮，對於收來的人類土地完全沒有興趣。可以預想他們接下來的目的地，將又是一座荒廢得不成模樣的城鎮。

記得貝琳還曾開過玩笑，說他們走著走著，該不會就繞著封印之地走一圈吧？

想不到這個玩笑竟然成眞了。

封印之地在魔法大陸的中心位置，眾人先後前往的神殿都是繞著那裡順著方向走，接下來若是再前往龍族領地，那就真的繞一圈了。

記下了下一個目的地的位置後，他們如以往般開了一個簡單的會議，整理了下幻象中所獲得的資訊。

每次在會議最後，布倫特都會詢問艾德這個幻境記憶的主人，在恢復了部分記憶後有沒有任何要補充的地方。

因為這次的幻境幾乎沒能獲得任何有用資訊，因此眾人都對艾德寄予厚望。可惜艾德卻搖了搖頭，表示沒什麼要補充了。

丹尼爾察覺到艾德在搖首前，有瞬間的猶豫。他凌厲地瞇起雙目，直接指出：「真的沒有嗎？還是你隱瞞了什麼？」

艾德猶豫片刻，強調：「真的沒有了。」

看到丹尼爾明顯不相信的表情，艾德又道：「我是立下過靈魂誓約的。如果我真的違背了誓言，現在就無法坐在這裡與大家說話了。」

冒險者們對望了一眼，雖然他們都覺得艾德有所隱瞞，但他這番話說得有理。以靈魂立下的誓約是無法接受欺騙的，只要艾德的行事有違誓言，即使只是一點點，也會立即因爲違約而失去性命。

雖然艾德有所隱瞞，但也許這是一些不方便告訴大家的私事吧？於是丹尼爾也就沒有繼續追問下去。

前往下一個石碑以前，他們得先護送諾亞與孩子們回到精靈森林。

布倫特負責駕車，其他人則在馬車上休息。另外，他們也沒有忘記那個被關在地牢的綁匪，同樣把他帶到了馬車上，這人將會與他的同伴一起在精靈森林裡接受審判。

所幸這是輛裝貨物的馬車，車廂足夠寬闊。雖然這麼多人上去後顯得有些擠，但至少能容納所有人。

丹尼爾嫌棄綁匪們佔位，長腿用力踢了兩下，把本就貼著馬車出入口邊緣的他們踹得硬是再往外了兩分，還把原本失血過多、一直處於昏迷狀態的奧布里弄醒了。

也不知道是不想回去精靈森林而心情不爽，還是看不慣奧布里出賣同族的行為，丹尼爾陰沉著臉，看著對方的眼神彷彿在想該往哪個部位刺上兩刀。

奧布里咳了口血，略帶迷茫地看了看四周，過了良久，似乎終於弄清楚自身狀況，嗤笑道：「怎麼了，丹尼爾，你現在已經墮落得要虐待戰俘來取樂了嗎？」

見奧布里明明身處劣勢，還要不怕死地挑釁丹尼爾的舉動，眾人挑了挑眉，覺得自己已經掌握到眞相了。

這兩人顯然有仇！

他們的視線之間，差點就出現劈里啪啦的火光了！

丹尼爾皺起了眉，一臉厭惡地說道：「我可不是你，別以為所有人都像你這麼惡劣。」

奧布里呵呵了聲，道：「那又如何？大家都喜歡我，卻討厭你這個雜種。」

在所有伙伴面前被奧布里公然挑開他在族裡不受歡迎的事實，這讓丹尼爾感到有些難堪。

誰都想在重視的人面前留下美好的印象，因此會下意識隱瞞不好的過去。然而奧布里卻偏要往丹尼爾的要害死裡戳：「族人表面上待你不錯，也只是想給你個面子而已。看你現在還是這副披著斗篷見不得光的模樣，果然你自己心裡也很明白，只要你是個雜種，就不會有人看得起你。」

丹尼爾還沒反駁，埃蒙便已被對方的一番話氣炸了：「不勞你費心丹尼爾的人際關係，我們大家都很喜歡丹尼爾這個同伴！」

貝琳更加直接，她在馬車找到一塊髒兮兮的抹布，直接塞住了奧布里的嘴巴。

看到奧布里一副快要吐的模樣，艾德心裡對貝琳的舉動瘋狂點讚，並且幸災樂禍地想著要是對方忍不住吐了的話，嘴巴被塞住就只能吞回去了……

咳！住腦住腦！

光是想到這情景都覺得噁心，自己都快要想吐了！

感受到同伴的維護，丹尼爾臉上的寒霜融化了幾分，但只要想到很快便要回到族裡，與那些虛偽的人重逢，丹尼爾便沒了好心情。

看著奧布里那張令他生厭的臉，丹尼爾不禁回憶起自己當冒險者之前的過往。

身爲精靈族與人類的混血，丹尼爾從出生便在人類社會裡成長。小時候他的家庭美滿、鄰里和睦，他並不覺得人類的社會有什麼不好。

可因爲精靈族與人類壽命的差距，在丹尼爾仍是個小孩子時，他原本「同齡」的玩伴很快地邁向了成長。

人們總是害怕與自己不同的事物，那些曾經的朋友察覺到丹尼爾的「異常」，再加上雙方因成長速度不一樣，彼此沒有了共同話題，這些人便疏遠了丹尼爾，不再與他來往。

多次下來，丹尼爾深刻地明白到自己與人類之間的差異。一次又一次地被人類的朋友拋棄，漸漸地，丹尼爾便不太願意結交朋友。

丹尼爾是個自尊心很高的孩子，察覺到自己會被排擠後，便表現出一副「是我不願意與你們玩」的模樣。即使有些孩子本來想與他交朋友，可這些看似高傲的表現嚇退了他們。

就連丹尼爾的父母，也以爲是自家小孩不想與人類孩子玩在一起，沒有察覺到丹尼爾在人類社會中格格不入的孤獨。

壽命的差距不僅讓丹尼爾失去友誼，也破壞了原本溫馨的家。

丹尼爾的母親納塔莉是個好奇心旺盛、活潑貌美的精靈女子。精靈族大都喜歡居住在人跡罕至的森林，甚至有些精靈終其一生都在精靈森林中生活，從沒有接觸外面的世界。

然而納塔莉卻很享受四處旅遊、見識各種不同新事物的生活。結果在某次遇上猛獸時，武力值不高的她被一名人類男子亞度尼斯所救，雙方很快便墜入了愛河。她興高采烈地帶著戀人回到精靈森林，希望能夠獲得族人的祝福。

可是納塔莉的姊姊，也就是精靈女王，卻並不看好他們的戀情。

雖然精靈女王對亞度尼斯很客氣，然而卻是禮貌中帶著疏遠，這是對待客人的禮節，並不是對待準妹夫的親近。

亞度尼斯察覺到精靈女王並不看好自己，只是他卻眞的很喜歡納塔莉這個聰慧美麗的女生。於是他耍了個小心機，私下對納塔莉說覺得精靈女王很不喜歡他，猜測精靈女王是針對他的人類身分。

納塔莉一直處於帶著愛人回家的喜悅之中，並沒有察覺到精靈女王與亞度尼斯相處時的暗潮洶湧。聽到亞度尼斯的擔心，納塔莉只覺得對方太敏感了，自己的姊姊又怎會是歧視其他種族的人呢？

然而打臉來得很快，精靈女王不久便向納塔莉說出不贊成她與人類相戀的想法，認爲種族之間壽命的不同，最終會磨滅他們的感情，也覺得亞度尼斯的心性不足以讓他度過這個挑戰。

因爲亞度尼斯曾向納塔莉提過精靈女王不喜歡人類，這讓納塔莉先入爲主地把精靈女王的擔心，視爲對戀人種族的歧視與針對，心裡頓感不快。

在納塔莉看來，自己的戀人自然是千好萬好。她帶對方來精靈森林是想獲得家人的祝福，而不是讓亞度尼斯受任何委屈的！

於是雙方開始了爭吵，最後不歡而散。精靈女王的反對反而堅定了納塔莉與對方在一起的想法，她甚至還搬到人類的社會與對方一起生活，並且揚言絕不會後悔。

後來他們有了丹尼爾，一家三口確實過了一段非常幸福美滿的時光。

而且不知道是不是對精靈族心有芥蒂，身爲冒險者的亞度尼斯從小便培養丹尼爾武藝，並故意把孩子教導得像一般冒險者般舉止粗野，性格與精靈族的天性完全背道而馳。

光陰似箭，昔日俊俏的青年漸漸老去。隨著年紀漸長，亞度尼斯的體力開始衰退，加上以前冒險時的舊患發作，已經不適合冒險生活了。

亞度尼斯看著臉上愈來愈多的皺紋，可他的妻子卻依然是最初年輕貌美時的模樣。以往他很享受與妻兒一起露臉的時光，一家人總會獲得別人羨慕的眼神。

可是當他老去以後，站在年輕貌美的妻子身邊，就像是對方的父親一樣。有時候他帶丹尼爾外出，一些不明就裡的人看丹尼爾可愛前來逗逗他，還會詢問亞度尼斯是不是孩子的祖父。

決定與納塔莉在一起的時候，亞度尼斯便已經預想到會有這麼一天，可是他卻想不到這原來是如此痛苦的一件事。亞度尼斯開始變得自卑，畏懼妻兒會因爲自己的日漸衰老而厭棄自己。

心情苦悶讓亞度尼斯染上酗酒惡習，自卑的他更急於在家中建立自己的權威。於是在某次喝醉的情況下，亞度尼斯第一次動手打了納塔莉。

他酒醒後感到非常後悔，並且鄭重地允諾自己會戒酒。事後他對納塔莉千依百順，努力彌補自己的過錯。於是納塔莉心軟了，願意給予對方改過的機會，一家人彷彿再次重回久違的溫馨。

然而好景不常，時間久了，亞度尼斯再次忍不住喝了酒，於是丹尼爾一家便開始陷入了惡夢般的輪迴。

亞度尼斯喝醉、毆打妻兒、酒醒後道歉、再喝醉……這已經成爲了丹尼爾一家的日常。

納塔莉不得不承認當初精靈女王的看法是對的，亞度尼斯的心性不足以承受因壽命長短不同而出現的挑戰，這不光讓他感到很痛苦，最後也變成了對雙方的折磨。

她不是沒有想過離開亞度尼斯，只是每次都會忍不住想起以往甜蜜的時光，以及她曾在精靈女王面前斬釘截鐵地說與亞度尼斯一起會過得很好時的那一幕。

納塔莉依然深愛著亞度尼斯，她一直妄想著對方某天會醒悟，重新變回那個對她溫柔體貼的丈夫。

可惜事與願違，亞度尼斯似乎認定了納塔莉不會離開自己，反而變本加厲地家暴。直至有天亞度尼斯把丹尼爾暴打了一頓，結果卻被丹尼爾還擊。

雖然這時候的丹尼爾只是個小少年，然而與武藝不佳的母親不同，從小被父親訓練、甚至帶著一起外出冒險的丹尼爾，攻擊力並不弱，讓沒有防備的亞度尼斯吃了一個小虧。

自覺權威受到挑戰的亞度尼斯大怒，幾乎把丹尼爾快打死了，還揚言要把丹尼爾賣掉換酒錢。經過此事，納塔莉決定不再忍耐，要帶著丹尼爾回到精靈森林。

10.
防備

納塔莉的回歸引起了精靈族眾人的側目，畢竟她當時的離開鬧得很不愉快，而且她還跟幾個親近的閨蜜抱怨過她與精靈女王鬧翻的原因。當時納塔莉自信滿滿地表示即使搬到人類社會，她一樣能夠過得很好。想不到這才短短數十年，她便像喪家之犬般帶著孩子回來了。

納塔莉也覺得無顏面對族人，自從帶著丹尼爾回到精靈森林後，便一直躲在家裡足不出戶。族人雖然對她的回歸非常好奇，但在對方明顯躲著人的狀況下，都不好意思在她剛回來便立即特意登門打聽。

一開始眾人還猜測是不是亞度尼斯已經逝去，於是納塔莉這才帶著兒子回來定居，畢竟人類很短命的不是嗎？

然而很快事情的發展便推翻了他們的猜測，不是因爲他們向納塔莉詢問眞相，而是「被死亡」的亞度尼斯找來精靈森林了！

當年與亞度尼斯見過面的精靈們，都驚訝於這個男人的改變。

亞度尼斯長相英俊，要是保養得宜，即使年歲過去，也應該是個帥氣的老年人。偏偏這些年他早被酒水掏空了身體，不僅滿臉皺紋，很久沒有好好打理過自己的他顯得非常頹喪，身材也明顯發胖。藉著酒意來精靈森林要人的他雙目通紅，看起來猙獰得就像從地獄爬出來的惡鬼，哪有當初到精靈森林拜訪時那意氣風發的模樣了？

雖然精靈女王生氣妹妹當年不相信自己的話，在外面被欺負了這麼久才回來，但她仍然心疼納塔莉。難得納塔莉總算決心離開亞度尼斯，精靈女王自然不會讓對方見自家妹妹。

亞度尼斯被護衛攔住以後便開始在森林外叫囂，說著難聽的話來辱罵納塔莉，甚至連丹尼爾也不放過。

亞度尼斯罵得很難聽，只是這是納塔莉的家事，他們至今仍不知道納塔莉爲什麼拋棄丈夫回來呢！作爲外人，精靈們不方便出面阻止，也想著反正亞度尼斯進不了森林，只能在外面叫罵，便任由他罵累了自行離開。

雖然來到精靈森林以後，丹尼爾再也不用擔心被父親暴力對待，然而亞度尼斯的做法卻依然對丹尼爾造成很大的傷害。

亞度尼斯三不五時的滋擾，讓他們母子更難融入精靈族的生活，還令不少族人對此頗有微詞。

到現在，丹尼爾依然記得每次亞度尼斯前來，躲在家裡的自己是怎樣的心情。

丹尼爾的脾氣不好，他甚至曾拿起弓箭就要出去對付亞度尼斯，要不是納塔莉阻止，也許已經上演父子相殘的悲劇了。

然而某天丹尼爾發現，經常來打擾他們生活的亞度尼斯已經好幾天沒有來找他們。同時族裡的氣氛愈來愈緊張，彷彿有什麼致命的危機將要降臨。

雖然察覺到異樣，然而丹尼爾年紀尚輕，且剛回到族裡不久，消息並不靈通，這讓他對眼下狀況完全摸不著頭腦。

但很快地，丹尼爾知道這些異常的原因了。

黑暗降臨，人類滅亡。

得知人類滅亡、而亞度尼斯也沒能逃過一劫時，丹尼爾無法否認他有些竊喜。

從此再也沒有人會跑來精靈森林鬧事，也不會再有人辱罵他們，母親也不用繼續以淚洗面。

偶爾丹尼爾也會想起很小時候，亞度尼斯曾經很疼愛自己。他會保護自己，也會為哄自己高興而做不少傻事。

丹尼爾曾經覺得，自己擁有世界上最好的父親。

然而這些幸福的記憶往往浮現沒多久，便被各種痛苦的回憶取代，他終究無法再用以往孺慕的目光來看待亞度尼斯了。對方喝醉後殘暴毆打納塔莉與他的過去，在丹尼爾的心裡留下了無法磨滅的傷痕。

亞度尼斯死去後，丹尼爾本以為母親終於能夠完全擺脫這個男人，重展笑容，然而在他看到母親變回當年愛笑的模樣之前，魔族便已在魔法大陸橫行。為了封印從深淵源源不絕而來的魔物，納塔莉犧牲了自己的性命。

不僅精靈族失去了一名王室成員，為了設下囚禁魔族的結界，各族都付出了很大的代價。

造成一切的罪魁禍首，正是把這些可怕魔族召喚而來的人類！

又是人類！

自此丹尼爾心裡便埋下了對人類的怨恨，父母雙亡的他在精靈族裡顯得陰沉又不合群。所幸精靈族大都心性善良，加上他們感念納塔莉的付出，因此對丹尼爾這個孤兒特別照顧。

那是一段艱難的日子，雖然設置了結界後，魔物沒有繼續在魔法大陸擴散，可是之前已經離開了結界範圍的魔族卻需要各族討伐。

魔族實力堅強，它們還能侵蝕各種生命。一開始，各族的戰士並不知道魔族的特點，以至很多人因此沾染上濃郁的死氣，異變成只會殺戮的行屍走肉，傷亡慘重。

魔法大陸上沒有專門剋制魔族的力量，這讓最初的戰鬥異常艱難。在付出了眾多犧牲後，各種族才總結經驗，摸索到有效的滅魔方法。

可那時遊走在大陸上的魔族已成了一股強大力量，不是這麼輕易就能消除。

精靈森林曾多次受到魔族攻擊，那時候精靈族的主力部隊在外苦戰，留在族中的都是年輕一輩。即使那時候丹尼爾只是個年紀不大的少年，也得挺身而出，為守護家園而戰。

精靈繁衍艱難，以往像丹尼爾這個年紀的孩子，該還是被族人萬千寵愛、不知愁苦的年紀。然而大部分族中戰士都在奮戰的時候，能夠拿起弓箭的少年都是族中不可或缺的戰鬥力。

丹尼爾與族中少年加入了保衛精靈森林的戰鬥，這些少年軍的實力於實戰中迅速成長。丹尼爾即使再孤僻、再不好相處，戰鬥時也不免與年紀相若的孩子們漸漸熟悉起來。

人都是怕寂寞的，逐漸踏出喪母之痛的丹尼爾，不由得生出了想與族人好好相處的想法。畢竟在母親死後，是這些族人一直盡心照顧自己的。

也許他該放下過去，接受這些新的親人。

精靈族性格一般都很隨和，只要丹尼爾不再拒絕他人的接近，理應很快能夠融入族群生活。

然而在丹尼爾下定決心要改變自己對族人的態度之際，他的轉變被一直暗暗關注他的奧布里察覺到了。

奧布里與丹尼爾一樣，都是父母雙亡的孤兒。

相較於丹尼爾的孤僻與不好相處，奧布里卻是眾人口中的「別人家的孩子」。

奧布里特別懂事，不僅待人接物非常有禮貌，還很願意幫助別人。他經常照顧比自己年幼的孩子，成績又好，因此在族裡很受歡迎。

在納塔莉帶丹尼爾回到精靈族時，是奧布里不怕丹尼爾拒人千里的態度，主動與他打招呼的。

明明奧布里的父母是被人類強盜殺死，可是他卻沒有因爲丹尼爾那一半人類血統而針對他，反而對丹尼爾十分友善。

不過奧布里伸出的友誼之手，卻被丹尼爾無視了。這讓眾人都有些心疼奧布里這個懂事的小孩子，同時也對丹尼爾心生不喜，有了非常不好的第一印象。

眾人並不知道，這正是奧布里想要的效果，他從一開始便看丹尼爾不順眼。他看出初來精靈森林的丹尼爾眼中的彷徨，以及對他們這些陌生族人的抗拒，因此奧布里故意對丹尼爾表現出親近，果然被處於驚恐狀態的丹尼爾拒絕。不僅賺足了同情分，還讓族人對丹尼爾產生了負面評價。

另外，奧布里也從來不是個溫柔善良的人，只是他對別人的情緒很敏銳，因此總能恰到好處地表現出他的貼心與懂事，讓族人們非常喜歡他。

可以說，族人看到的「奧布里」，都是他精心經營出來的結果。

從小失去父母讓奧布里沒有安全感，因此他用盡方法讓族人覺得自己乖巧懂事，這樣才能爭取更好的生活。

奧布里其實特別討厭小孩子，看到那些孩子被父母疼愛成無憂無慮的廢物，便很想讓他們感受一下惶恐無助是怎樣的感覺。

同樣地，他也無比憎恨人類，丹尼爾來到族中生活這件事，成為了他排解恨意很好的宣洩口。

後來納塔莉去世，丹尼爾也成爲了孤兒，奧布里便更加討厭他了。族裡的資源就只有這麼多，孤兒本就是依靠族人的仁慈才能夠生存。

一樣成爲孤兒的丹尼爾，在奧布里眼中便成爲了競爭對手。對方每呼吸一口氣，都彷彿在汲取自己的生命一般。

納塔莉過世後，丹尼爾變得更加孤僻。不安感令丹尼爾帶著強烈的攻擊性，讓別人無法輕易接近。

看著這麼痛苦的丹尼爾，奧布里心生快意。兩人有著相同的處境，丹尼爾過得愈是悲慘，奧布里便有種能夠把人踩在腳下的優越感。

可現在丹尼爾卻想改變，這怎麼可以！

丹尼爾雖然想與大家好好相處，然而早已習慣獨自一人的他不知道該怎樣踏出第一步。

每次想主動與人搭話，卻總會變得猶豫。

我一向不理會他們，他們大概也不想理會我吧？

對方會因爲自己突然與他說話，感到很奇怪嗎？

果然還是應該找一個更好的時機？

每次想到這裡，丹尼爾便退縮了。

但丹尼爾一直等待的時機，很快就降臨了。

魔族再次進攻精靈森林，眾人經過短暫部署後，便各自躍上大樹的射擊點準備迎敵。此時身爲少年軍首領的奧布里，笑著向眾人打氣：「加油！擊退這些敵人之後，我們開個派對好好慶祝一下！」

這段時間族裡氣氛緊張，少年們已經很久沒有放鬆，聽到奧布里的話都忍不住歡呼了聲，士氣頓時高漲。

丹尼爾聞言，心臟頓時「怦怦」地快速跳動著。

這不正是他一直等待的好時機嗎？

戰友們聚在一起慶祝勝利，有什麼比這場聚會更能拉近彼此的距離呢？

這天的戰鬥丹尼爾表現得特別勇猛，更做出不少貢獻。這波魔族的襲擊沒有持續太久，在少年軍英勇抵抗下，很快便結束了。

丹尼爾過了好一會都不見敵人蹤影，便知道戰鬥大概已經結束，只是尚未收到解散的命令，他還不能離開躲藏的大樹。

於是丹尼爾便趁著空檔，在樹上緊張兮兮地開始了各種設想。想著該怎樣跟同伴搭話，對方會有的各種反應，自己接下來的應對……

然而天都開始黑了，身上掛著的少年軍徽章卻依然顯示「戰鬥中」的紅色，沒有解除戰鬥狀態的丹尼爾只得待在樹上待命。

這一待，便在樹上足足待了一整晚，丹尼爾就像被世界遺忘似地。那顆原本期待又炙熱的心，也變成了燃燒殆盡的灰燼。

奧布里第二天一早緊張兮兮地來找丹尼爾，當眾向他道歉，說自己這段時間太忙了，以魔法通知少年軍解散時，竟然忽略了他，讓他在樹上白白待了一個晚上，還錯過晚上的派對。

這一次，丹尼爾沒有再錯過奧布里眼中一閃而過的惡意。

可是那又能怎樣呢？丹尼爾可以預料到，要是他當眾對奧布里發難，族人必定不會站在自己這邊。

相較於有著人類血統、性格又孤僻的自己，從小在精靈族長大的奧布里與族人親近得多，也更得族人們喜歡。

何況對方都說自己「不小心」了，要是他還不依不撓，卻又沒有眞憑實據對奧布里提出指控，那只會顯得自己小氣又記仇。

丹尼爾心裡不甘，總覺得堵著口悶氣。他曾私下找過奧布里，並指責對方：「那一晚你根本不是忘記了，是故意不通知我的對吧？」

奧布里嘲諷地說道：「這有差嗎？即使我不通知你，但凡有一個族人想起你，記得還有丹尼爾沒來，你也不會孤伶伶地在樹上待了一夜。可是，有人想起你了嗎？」

不得不說，奧布里這番話的確對丹尼爾造成很大的打擊。

丹尼爾本以爲經過這段時間的相處，自己與族人算不上很親近，但至少有著一起作戰的情誼，想不到他們卻從未把自己放在心上。

這讓丹尼爾感到前所未有的挫敗，同時也對與族人打好關係失去了信心。

雖然經過這次的事，讓丹尼爾對奧布里有了防備，但在人際關係上，丹尼爾遠遠比不過奧布里，且對方手段非常陰險，讓人防不勝防。在奧布里的干預下，丹尼爾在族中的聲譽越來越差，每個人提到丹尼爾，都會說他是一個暴躁、粗魯又高傲，非常難以相處的孩子。

就像他那個人類父親。

既定印象一旦形成，想要扭轉便很困難。

久而久之，丹尼爾變得更加孤僻了。他在族中總是形單影隻，不再試圖與族人親近。戰爭結束後，丹尼爾便離開了精靈森林，成爲一個四處流浪的冒險者。

回顧著往事的丹尼爾不得不感嘆，想不到他會與一直怨恨著的父親一樣，最終以冒險爲職業。

更加想不到他會在冒險時對上有舊仇的奧布里，只能說這是一場孽緣了。

丹尼爾回憶著往事，心情實在稱不上愉快。

因爲他的低氣壓實在太明顯，引起了眾人的注目，大家都小心翼翼地不想觸霉頭，反倒讓人忽略了艾德從幻境出來後變得異常沉默的狀況。即使是有著動物直覺的獸族姊弟，也沒有察覺到艾德藏在平淡表情下的困惑。

眾人停下來休息時，艾德終於找到一個與諾亞獨處的機會，他詢問對方：「諾亞，從剛剛恢復的部分記憶中，我想起了我們明明曾見過面，爲什麼你要故意裝作我們互不相識呢？」

諾亞見艾德已經記起他到訪大祭司時的事情，便不再隱瞞，解釋道：「這是爲了彼此的安全而做出的必要措施。你恢復記憶後沒有聲張，而是單獨前來詢問我，這很好。」

艾德一臉困惑地說道：「我不明白……」

諾亞詢問：「你雖然記起了我曾經拜訪大祭司，可是卻不知道我們談了什麼，對嗎？」

艾德點點頭。當年艾德沒有參與兩人的密談，也許之後大祭司有把會談的內容告訴他，可至少艾德暫時沒有任何相關的記憶。

諾亞解釋：「當年我從星象中察覺到有一股強大的陰影籠罩著魔法大陸，如果再不制止，魔法大陸將會生靈塗炭。而這股陰影不是外來力量，是從魔法大陸內部而來的。」

一開始，艾德理所當然地認爲「陰影」是指魔族，可星象指示是由魔法大陸內部而來的話，那便該是其他東西了。

「是指邪教？」艾德詢問。畢竟邪教確實是魔法大陸上的種族主動招惹來的禍端，也正因如此，人類作爲邪教的大本營，才被視爲引來災難的罪人。

「可以這麼說，但不只如此。」諾亞沉重地說道：「在我追查邪教的過程中，發現它很可能是由人類以外的種族建立的。」

艾德聞言瞪大了一雙紫藍色的眼睛，腦海裡頓時閃過先前收回的記憶中，曾在一場剿滅邪教的行動上，見過一枚陌生印記。

那是不屬於艾德所知道的任何一個人類貴族使用的徽章，難道……那枚印記來自其他種族？

當初設立邪教的人，沒有選擇在熟悉的故鄉建立教派，反而故意挑選了人類國土當根據地？

爲什麼？

艾德心裡忍不住對那個幕後黑手產生強烈的怨恨，以及「想幹壞事的話，爲什麼不在自家地盤」的想法。

想到這裡，艾德頓時神色大變，終於明白諾亞爲何如此小心翼翼了。

先不論那個幕後黑手是誰、又爲什麼要這麼做，要是讓那人所屬的種族知道邪教出自於他們的種族，會發生什麼事？

與其相信那個種族會公布眞相，艾德更偏向對方會選擇隱瞞。畢竟人類因爲魔族而被視爲邪惡、被魔法大陸上各種族憎惡多年的遭遇，就是一個很好的警示。

即使這只是小部分人的個人行爲，即使整個人類的國度都因爲邪教召喚魔族而全部陪葬，人類多年來依然被其他種族針對與埋怨。

可以說誰與魔族扯上關係，誰便會成爲魔法大陸的公敵。

換成艾德自己站在對方的立場，也不敢說一定會大公無私地公開事實，而不是爲了種族的聲譽與利益選擇埋葬眞相。

萬一換成一個心狠手辣的人，說不定還會把知道這件事的人滅口。畢竟設立邪教這麼嚴重的罪行，哪個種族都不想沾上。

這麼一來，艾德這個唯一的人類、魔法大陸上最想知道眞相的人，便自然站在與「那個」種族敵對的位置了。

想到事情的嚴重性，也知道諾亞一直默不作聲是爲了保護自己，艾德誠懇地向他道謝：「謝謝你！」

諾亞害羞地點了點頭，然後拉上了斗篷，再次隱去了身影。

艾德：「……」

這位使者大人也太內向太容易害羞了！

有點萌。

被諾亞可愛的模樣萌到，艾德一直緊繃的心情稍微緩和了些。

雖然諾亞從星象中推測到邪教來自於人類以外的種族，可他卻顯然未能掌握其他實質的證據，所以現在並不是把這件事情公開的好時機。

艾德想起那個在記憶中、從邪教據點找到的詩集裡的印記，總覺得那似乎是一個代表著身分的徽章，說不定能以此爲突破口，找出幕後黑手的身分。

艾德在心裡發誓，終有一天，他要讓眞相大白於天下！

在此以前，一切行事都要更加小心謹慎。

除了提防不知躲在哪裡的敵人，也許對於冒險者們……得要有一些警戒了。

私心來說，艾德並不想懷疑丹尼爾與布倫特，然而這兩人的年紀與背景卻足以讓艾德生疑。

創立一個教派絕非一朝一夕辦得到的事，那個建立邪教的外族在人類中生活的時間必定不短。

如果對方是精靈或龍族，以這兩個種族的悠久壽命，那人現在絕對還活著！外族在人類社會中生活是很顯眼的，特別是那人要幹見不得光的勾當，就更加需要在人類社會裡擁有不會惹人懷疑的身分。

仔細想想，布倫特是安德烈的朋友，丹尼爾是有著人類血統的混血精靈，他們都符合這個能夠堂而皇之進入人類社會的條件。

至於貝琳與埃蒙，雖然他們不可能是創立邪教的那人，可是也不能排除獸族與邪教有關……

「艾德？」

一隻寬大的手按到艾德的肩膀上，艾德努力壓抑著，才至少不被布倫特嚇得彈跳起來。

艾德勾起嘴角，一如以往般向布倫特展露了笑容：「怎麼了？」

布倫特也回以微笑，道：「準備一下，我們要出發了。」

艾德點了點頭，直至布倫特走遠後，才暗暗吁了口氣。

艾德告訴自己別害怕，不要露出任何異樣。

這對艾德來說並不難，在他很多次快要病死的時候，在他甦醒後發現人類已經滅亡的時候，艾德都告訴自己要把恐懼壓在心底。

這種感覺就像把一粒砂子藏到傷口裡，很痛卻得要忍受，然後披著堅強的盔甲來武裝自己，假裝自己毫無破綻。

每次變得軟弱時，艾德都是這麼走過來的。

冒險者們完全沒有察覺艾德心態上的轉變，以及對他們的提防。

他們並不知道，有些東西已經不知不覺間改變了。

《光之祭司 05 廢宅驚魂》完

✧ 後記

安安！

不知道大家看這篇後記時，天氣變得清涼了嗎？

寫這後記時正值八月，今年夏天眞的好熱啊！

假日想與朋友去郊遊或野餐，都被這悶熱的天氣與大太陽勸退了。

希望天氣快些涼下來，我所求不多，三十度以下就好。

接下來會有劇透，未看內文的大家請注意呢！

這一集出現了一個老讀者們應該很熟悉的角色——白色使者。

只是這次的白色使者並不是我們的老熟人克里斯，而是他的繼任者諾亞。

軟軟綿綿的內向少年，以精靈族的年紀計算，還非常年輕，是個善良的好孩子，希望大家也會喜歡他喔！

至於克里斯這位前任的白色使者到哪裡去了呢？

我對克里斯的設定是與卡斯帕一樣，因爲能力的強大與獲得巨大的信仰之力，最終成為了幾乎長生不死的「神明」。

守護了魔法大陸多年，在找到繼任者後，克里斯便與其他實力強大的伙伴組隊，前往其他世界旅行了。

也不是沒有想過讓克里斯在《光之祭司》裡出場，但覺得屬於他的故事已經完滿結束了，再讓他出來便有點消費這個角色的感覺，還是讓他完美地留在大家的回憶裡面吧！

與大家分享一下我買買買的喜悅：不久前Withdoll的企鵝系列再出售，我下單了兩個BJD（球體關節人形），分別是Parker與Pooky，正經歷著工期的漫長等待。

有娃友會稱呼BJD的工期為「孕期」，我覺得實在太貼切了，這心情緊張又期待，真的很像等待小孩子出世，望穿秋水啊！

以前獨愛動物的BJD，想著即使將來買人形也會買女娃，覺得比男娃有更多的髮型與漂亮的小裙子可以選擇。想不到有天我會接男娃，而且一口氣訂購了兩個！

實在是他們的笑容太甜了，而且有小雀斑的官妝非常可愛，完全戳中了我的喜好啊！

是的，我連官妝也訂購了，錢錢飛走啦～

說到BJD，順道在這裡宣布一下我的生活專頁「香草動物園」，已改名爲「香草的後花園」。

以往這個專頁只分享家裡的小動物，往後希望多與大家分享我的其他愛好，如植物、BJD等美照。

大家有興趣的話可以去看看喔！

香草

光之祭司
Priest of Light

【下集預告】

✦光之祭司✦

傳說，人類打開了魔界之門，
不僅召喚出恐怖魔物、得罪所有種族，更滅亡了自己，
這片魔法大陸上，從此一人不剩……

冒險團隊護送孩子們來到精靈森林，卻被綁匪反咬一口。
族人的猜疑傷透丹尼爾的心，
彼此間的隔閡還有化解的機會嗎？

精靈族收藏眾多歷史文獻，
艾德希望藉此找到徽章印記的線索。
卻沒想到取得生命之樹首肯的過程中，
意外知曉了自己記憶缺失的原因……

老好人的　痞氣的　很不歡族的　溫柔又矜持的
龍族隊長＋精靈弓箭手＋獸族殺手＋人族「全民公敵」
魔法大陸的問題，可不僅僅只有魔物啊！

VOL.6〈精靈的藏書館〉
～2021年末，敬請期待～

國家圖書館出版品預行編目資料

光之祭司 / 香草 著.
——初版. ——台北市：魔豆文化出版：蓋亞文化發行，2021.10
冊； 公分.（Fresh；FS188）
ISBN 978-986-06010-4-6（第五冊：平裝）
857.7 109020680

fresh FS188

光之祭司 5

作　　者　香草
插　　畫　阿蟬
封面設計　克里斯
主　　編　黃致雲
總 編 輯　沈育如
發 行 人　陳常智
出 版 社　魔豆文化有限公司
發　　行　蓋亞文化有限公司
地址：台北市103承德路二段75巷35號1樓
電話：02-2558-5438　傳眞：02-2558-5439
電子信箱：gaea@gaeabooks.com.tw
投稿信箱：editor@gaeabooks.com.tw
郵撥帳號 19769541　戶名：蓋亞文化有限公司
法律顧問　宇達經貿法律事務所
總 經 銷　聯合發行股份有限公司
地址：新北市新店區寶橋路二三五巷六弄六號二樓
電話：02-2917-8022　傳眞：02-2915-6275
港澳地區　一代匯集
地址：九龍旺角塘尾道64號龍駒企業大廈10樓B&D室
電話：+852-2783-8102　傳眞：+852-2396-0050
初版一刷　2021年 10月
定　　價　新台幣 199 元
Published and printed in Taiwan

ISBN 978-986-06010-4-6

FS188

光之祭司 5

魔豆文化　讀者迴響

感謝您在茫茫書海中選擇了魔豆，您的支持是我們最大的動力。
不要缺席喔，讓我們一起乘著夢想的羽翼，穿越時空遨遊天地！

姓名：　　　　性別：□男□女　　出生日期：　年　月　日

聯絡電話：　　　　手機：

學歷：□小學□國中□高中□大學□研究所　　職業：

E-mail：　　　　（請正確填寫）

通訊地址：□□□

本書購自：　　　　縣市　　　　書店

何處得知本書消息：□逛書店□親友推薦□DM廣告□網路□雜誌報導

是否購買過魔豆其他書籍：□是，書名：　　　　□否，首次購買

購買本書的動機是：□封面很吸引人□書名取得很讚□喜歡作者□價格便宜□其他

是否參加過魔豆所舉辦的活動：
□有，參加過　　場　□無，因爲

喜歡出版社製作什麼樣的贈品：
□書卡□文具用品□衣服□作者簽名□海報□無所謂□其他：

您對本書的意見：
◎內容／□滿意□尚可□待改進　◎編輯／□滿意□尚可□待改進
◎封面設計／□滿意□尚可□待改進　◎定價／□滿意□尚可□待改進

推薦好友，讓他們一起分享出版訊息，享有購書優惠
1.姓名：　　　e-mail：
2.姓名：　　　e-mail：

其他建議：

◎請沿虛線剪開、對摺、裝訂後寄出

◎請沿虛線剪開、對摺、裝訂後寄出

廣告回信 郵資兗付
台北郵局登記證
台北廣字第00675號

TO：魔豆文化有限公司　收

103 台北市承德路二段75巷35號1樓

魔豆

魔豆

魔豆

魔豆